叫生活悄悄歸來

（增訂版）

作者：陳帥夫

商務印書館

叫生活悄悄歸來（增訂版）

作　者　陳帥夫
責任校對　趙會明
裝幀設計　麥梓淇
封面書法　陳彧夫
攝　影　陳帥夫
出　版　商務印書館（香港）有限公司
香港筲箕灣耀興道三號東滙廣場八樓
http://www.commercialpress.com.hk
發　行　香港聯合書刊物流有限公司
香港新界荃灣德士古道二二〇至二四八號荃灣工業中心十六樓
印　刷　美雅印刷製本有限公司
九龍觀塘榮業街六號海濱工業大廈四樓A室
版　次　二〇二三年十二月第二版第一次印刷

ISBN 978 962 07 4691 8

目錄

隨想

5 富山邨
28 樂華

再版序言

拙作今年暮春出版以來，承蒙良師益友支持鼓勵，特別是楊何蓓茵局長於世界閱讀日在社交媒體的公開推薦，感激之至。

書有幸獲讀者接納，須再版應市，亦僅向讀者表示衷心感謝。

荷蒙出版社鼓勵，書現以新封面新裝潢再印，亦添上攝影近作，並加入九篇閒情篇章新作：〈荼明〉、〈花囈〉、〈飛天愛因斯坦〉、〈秋正梳妝〉、〈相聚一刻且陶陶〉、〈童年禮物〉、〈未若柳絮因風起〉、〈夢紅樓〉，以及〈煙輕雲重〉。

希望新舊文章新舊照片，舊雨新知讀者您們也會喜歡。

初印未及細校，間有紕繆，本版亦順帶修正。

陳帥夫

癸卯年冬

序言

序一　《叫生活悄悄歸來》讀後

蔡若蓮

人生在世，營營役役，匆匆忙忙，如何把生活的痕跡留住？東坡居士在《和子由澠池懷舊》說：「人生到處知何似，應似飛鴻踏雪泥。泥上偶然留指爪，鴻飛那復計東西。」鴻爪留印，東坡題壁，雖一鱗半爪、吉光片羽，卻都凝聚了深摯的情愫。

工作關係認識陳帥夫，一位在大學修讀歷史，工作態度誠懇的公職人員。從日常的接觸，我看到 Andy 對生活的熱愛，對事物和人情的洞察。有機會聽到他對家國大事的分析，社會時局的討論，都是見解精到、一針見血。甚至渺小之物的分享，也細察其紋理，充滿物外情趣。我想，這樣一位學養豐富、識見不凡的人物留下文字，記錄生活，應能如楊絳先生寫《我們仨》般，為看似平淡的生活留下印記，讓人舒心而溫暖。能夠整理出版，多好！

終於，我有幸成為《叫生活悄悄歸來》的首批讀者，看到作者的率直純真，獨抒性靈，不拘格套的寫作風格，有若置身生命長河，享受清水與微風吹拂帶來的爽朗清涼感覺。全書分六個章節：祖國、遨遊、故事、齊物、足印及隨想。由商紂拘禁周文王的羑里城開始，足跡遍及大江東南北，海峽兩地，飄洋過海。時間上下三千年，建築物有歷史名城、著名學府、古老寺廟；人物有歷史名將、科學家、一代功夫巨星、歌姬；事件有山居閒情、童年記趣，以至今天學生已全無認知的 Walkman 和黑膠碟，既有名著的讀後感，也有流行歌曲和賣座電影評論，把過去、現在與聯想一線串珠，立體呈現作者生命一點一滴的變化。

線索安排好了，作者以精選了妙趣橫生的材料，生動細緻地加以刻畫。每個故事都細節生動、引人入勝：「那時漫天吹遍的是桌球、壁球、保齡球的薰風。不是網，不是 line，很健康。但家長老師出於關愛總得表達切切的關懷。

而打機方興未艾，快樂只得任天堂，未有 Play Station，也未見 wii。要樂易，上癮難。百般武藝在青春無敵精力無限下兼顧不難。要顧的依舊是父母的督促、老師的勸戒。」童年往事，均是瑣事，但在作者筆下卻生動傳神，字裏行間凸現生命的質感，令人懷念。

當然，令人印象深刻的，是作者以豐富奇異的想像來誇張事物的某種特徵，例如：「昨天頑猴撒野，才外出一會，靠山那邊的露台回來後竟然遺下令人感到不大不小的遺憾……更恨它形似小雲心愛物！今早，猴散鼠來，是松鼠！後山樹林樹葉陣陣顫動，泄露了松鼠軍事行動。兩個靈動身軀在電閃追逐！樹幹上上下衝爬，樹木間凌空飛躍，不凡的身手，猴王莫及！一天兩雄會否相遇？頑猴會否出橫手，先制空，再向松鼠撥弄……」作者以一顆天真的童心看世界，因而寫出形象逼真，趣味盎然的畫面，使文章洋溢着新奇爛漫的情趣。

沒有人可以留下時間的腳步，時間總在不經意間流逝。但帥夫的作品告訴我們，一支筆可以凝住一個瞬間，也可以記錄一顆心的永遠。文字，有着一定的溫度和情感，隨手寫下你的想法，珍藏當下的每一個心情。浮雲若絮風雨中自在游蕩，一旦風雨過後，便會化為烏有。而飛鴻暫停的雪泥，儘管只是偶然遇上，但鴻雁一旦離去，卻留下斑駁可見的爪跡。人生旅途，用生命的彩筆，留下點點足跡，叫生活悄悄歸來。

序二／博雅之士，藻溢於辭

梁卓偉

回想我在政府工作期間認識帥夫兄，曾在食物及衞生局共事，一晃眼就是十多年。當時我剛加入政府，對很多事情都感到陌生，若非得到帥夫兄提點，恐怕難以順利履行職務，因此一直十分感激。若說他是我的「大恩人」，一點也不為過。

帥夫兄的工作態度認真而專注，只管默默苦幹，功成不居，尤其是他凝神思考、專心聆聽的時候，總讓我想起古代「先天下之憂而憂」的士大夫。

事實上，帥夫兄畢業於歷史系，對中外歷史和文化瞭如指掌，的確頗有讀書人的風範。他曾送我一本有關蘇東坡的書，我看得興致盎然，獲益良多。蘇東坡說：「腹有詩書氣自華」，劉勰也說：「智術之子，博雅之人，藻溢於辭，辯盈乎氣」。從帥夫兄流麗凝練的文字之間，正可真切感受到他博通古今、雅好文藝的書卷氣。本書收錄的文章，都是他工餘隨筆而就，其中一些外遊的見聞，未付梓前也曾蒙帥夫兄分享一二，讀之只感如沐春風。一者是他學富五車、觀察入微，能把所見所感化作細膩動人的文字。二者是他慎思明辨、見解精闢，縱橫上下幾千年，且從小節見大義，可帶領讀者神遊中外，思考人生。

特別喜歡帥夫兄寫到訪羑里城的見聞。論名氣，羑里城不及西安、洛陽、南京、北京等歷朝古都，但憑一部奠定中國傳統哲學及美學價值的《周易》，便足以在中華文明名城榜上佔一席位。可惜如今不少遊客是為了「打卡」而出遊，目的地名氣愈響，愈是不能錯過，不自覺間竟成為「冠蓋滿京華，斯人獨憔悴」的幫兇。帥夫兄為了太史公一句話而到訪羑里，足證他才識不凡。

祖國歷史悠長，山河壯麗，固然要多走走看看，但帥夫兄並沒有因此而局限自己的眼界。書中也收錄了他一些外遊見聞的文章，足跡遍及日本、澳洲和英國。帥夫兄對各國史地認識深厚，亦不忘以中華文化的觀點加以分析，配合他細緻入微的觀察，深邃縝密的思考，揮灑於字裏行間，讀之猶如親歷其境。

其中有關劍橋的篇章，從校園景致談到牛頓、達爾文，從康河談到牛劍延續近二百年的划艇比賽，比旅遊指南更引人入勝。

儒家提倡「格物致知」，只是修身的途徑，之後還須「齊家、治國、平天下」。以今天的話語來表達，就是貢獻國家、服務社會，而貢獻和服務的對象，始終是人。帥夫兄既具備古代讀書人的特質，當然沒有忘記「讀聖賢書，所為何事」。所以他書中最吸引我的，就是有關「人」的篇章。在他筆下，捕蜂的漢子、開書店的老者，無不躍然紙上，彷彿我就站在帥夫兄身旁，聽他們娓娓道來自己的故事。即使是帥夫兄分享自己的童年往事和少年情懷，也足以讓同時期長大的我們會心微笑，彷彿重新感受青葱歲月的浪漫和溫馨。

謹誠邀各位讀者一起透過帥夫兄充滿詩意而溫暖的文字，觀照歷史，細味人生。

自序／叫生活悄悄歸來

「小軒簾半卷，遠山青。幾人閒處見閒情。」

——宋・米友仁《小重山》

大疫，倦透蒼生。

疫過，要慶賀。

但生活大概依舊，營營役役多，悄悄歸來少。

怎麼辦？

悠悠天宇曠，切切故鄉情。

天地悠悠，仰望穹蒼，顛簸，來去或許可以變得不經意。

美好時光，切切回望是回鄉，鄉情浸潤，疲憊，或許可以變得不在意。

但最終靠的也許不過是一點閒情。

沒有閒情，望天，或許容易只得打掛，回望，也許容易只餘懊悔。

但閒情難至。不過，稀罕的才要稀罕。閒情無覓更要覓。

多年畫卯官門，現任事商界，事多事忙，事煩事擾，馳騁駕馭的確不易，但真正難的大概是放慢腳步，稍稍停下來，輕輕歇歇腳，真真正正活出一點從容。

就是一點閒情吧。

大概不過就是一杯咖啡的香濃，一按手機消息暢達的暢快，一條掛滿廣告板的地鐵扶手電梯的一抹都市色彩，一次過馬路一輛電車一輛輕鐵打着叮叮鈴聲一瞬間喚起的童年憶念，一齣舊戲凌晨重看的眷戀，一首舊歌商場重遇的喜悅，一件童年玩具重逢的暖意，一段路直路彎的行山山路的寫意，一次停下來和捕捉蜜蜂的人賣書半生的人閒聊的見聞，一次重踏旅途的快步愜意，一次千年古城憑吊的駐足感悟……

甚或只是一次春來花開的笑容，一道晨光照入窗帘的輕聲問好，都自有濠濮間想。

原來會心處從來不必在遠。

這些年來，好像真正看懂學懂的不太多，但一趟山居，一場桂花雨，好像揭開了人間新序幕，灑下延綿的快樂。閒情篇章，十多年來，一篇篇隨心用心記了下來，是生活小品，是旅遊見聞，是觀照歷史，是細味人生，為討好自己，也為生活留痕，書中錄下的希望讀者您們也會喜歡。

喜愛中文喜歡文學，源自中學老師袁志生、劉惠玲的教導鼓勵。啟蒙之恩，一直惦記。餘暇隨筆未有中止，要多謝多年來親友的支持。他們從不嫌棄，長期耐心細閱用心回覆。文章千古事，得失寸心知。才疏學淺，下筆無文，蕪文發表，結集成書，要衷心感謝蔡若蓮博士的鼓勵。

蔡若蓮博士及梁卓偉教授賜予序言，受之有愧，但濃情厚意，一一領受，銘記於心。

祖國

名城

「從廣東來的嗎？這麼遠跑到這裏來！」麪食完了，麪館的伙記笑着輕輕問。《史記》：「西伯拘羑里演《周易》。」跑到這裏來全因這句話。三千年了。姬昌封西伯，四十六歲，行仁政，得民心，遭嫉妒；八十二歲，商紂關他在這裏，殺他的兒子伯邑考。

七年獄，《易經》出。

遠古的監獄，今天叫羑里城。肅穆幽靜的庭園由麥田包圍，古樸天然，相親合襯。

未到讀《易》之年，讀《易》尚可推搪。庭園圍牆特別為人設想，道出《易經》易明的真相。

居安思危、自強不息、厚德載物、虎視眈眈、九五至尊、否極泰來、羣龍無首、革故鼎新，原來這些全是摘自《易經》。

難明，也難怪。《易經》說卦道爻，談吉凶，占卜算命用，抽象神祕。

但那種講陰陽對稱、剛柔調和的主旨就支配支撐着整個中華文明。

帝王求允執厥中，哲學講天人合一，武術重剛柔相濟，詩詞法陰陽平仄，書法服疏密有致，凡此種種，均與《易經》相連相通。

本來感覺《易經》和文王

是分得開的，或者說人們一般談《易》不會談文王。但原來他們還是連在一起。這麼多年了，文王還是這麼受人敬重：羑里城裏我看見一位老人向他的像行三拜九叩禮。

來到安陽，天氣突然逆轉，炎夏變成寒冬，遊人不多，羑里城一片寂靜。這樣冷靜會《易》，也許不易，但應該有理。

名台

烈士暮年，壯心不已。

上馬能戰，下馬能詩的人人生向晚，遇到挫敗，心境會是怎樣的呢？

到了河北，去了邯鄲附近的鄴城遺址。那裏，一千八百年前，曹操挾天子以令諸侯十六年。

鄴城氣魄恢宏，是中國歷史上第一個先規劃後建設的都城。四百年後，唐朝長安城依樣葫蘆，成坊成市。

古城早已灰飛煙滅，現只剩下金虎台。

金虎台，聯同冰井台及銅雀台統稱三台，位處鄴城宮殿旁邊，為曹操在赤壁之戰戰敗後建的宮殿。

三台由鐵製的浮橋連接起來，可收可放。其中銅雀台因經《三國演義》的一次「惡搞」而成名至今。六年前就有一齣由周潤發主演講述曹操生平叫《銅雀台》的電影。

《三國演義》的諸葛亮向周瑜施激將法。小說將曹植《銅雀台賦》中「連二橋於東西兮，若長空之蝃蝀」改成「攬二喬於東南兮，樂朝夕之與共」，令諸葛亮可以藉此說明曹操有意掠奪二喬納於銅雀台以充後宮。小喬為周瑜的妻子，大喬為孫策的遺孀，兩人為姊妹，同是國色天香。

銅雀台成名可能更早。《三國演義》成書於明初。但早於唐朝，已有杜牧《赤壁》一詩：「折戟沉沙鐵未銷，自將磨洗認前朝。東風不與周郎便，銅雀春深鎖二喬。」

老驥伏櫪，志在千里。

赤壁敗戰後，天下歸心無望，鴻鵠之志受挫，五十六歲的曹操再過三年便決定建銅雀台，其後，左右再建金虎台、冰井台。

傳說三台是用來廣納天下美女。杜牧的詩、《三國演義》的調侃大概亦加深了這個印象。

但戰敗後的曹操真的沉溺女色嗎？

即便傳說屬實，設後宮不足為奇。但後宮大可置於鄴城已有的宮殿，無須另築高台為天下議。而現場所見，金虎台設有軍事隧道，長六公里，供調兵遣將之用。而冰井台顧名思義是倉庫。再看史實，銅雀台建成後三年，曹操稱公，魏國始建。亦有指天子才可建三台，以觀天文、四時、花草鳥獸。

銅雀台建成，曹操命諸子登之，並使為賦。曹植的《銅雀台賦》便是這樣而來。有指銅雀台亦為騷人墨客的聚腳點。這亦不足為奇。曹操、曹丕、曹植三父子均為詩人文學家，在東漢漢獻帝建安年間叱咤政壇的同時，在文壇亦獨領風騷，引領建安七子一眾，開建安風骨的一代文風。鄴城就是這個文壇活靈活現的所在地，銅雀台既然置身其中，自當樂在其中。

銅雀台，思量多。

名朝

不及漢唐，卻更可愛。

比的是名氣，說的是宋朝。

東京早已湮沒了，現看見的叫開封。

北宋時，西面有古都長安、洛陽，汴京時人便喚作東京。

北宋後遭金國所滅。汴京為金人佔據，付諸一炬。五百年後，明末，黃河泛濫，沙泥埋葬全城。再過兩百年，清中葉，黃河又一次泛濫，汴京又一次遭泥沙掩蓋。

昔日范仲淹、歐陽修、蘇東坡、王安石走進的宮殿固然埋在地下，現在更多了一個大湖隔絕千年的相通。湖因明末那次河水泛濫而成，現闢作公園，叫龍亭公園。龍亭是一個殿，康熙留下的。

現宋皇城剩下的只有三十年前發現的兩塊基石。

眼看他起朱樓，眼看他宴賓客，眼看他樓塌了。

沒有筆墨記錄，哪怕大興土木，一切豐功偉績實在難以保存流傳。

記錄的責任落在文人身上。文人在宋代浩似繁星。發出萬丈光芒的也不少。除了范、歐、蘇、王四位文豪外，隨便數數便有司馬光、蘇洵、蘇轍、黃庭堅、米芾、秦觀、陸游、李清照、柳永及朱熹。文武雙全的則有岳飛、辛棄疾。

偶然固然，國策使然亦然。

趙匡胤黃袍加身明明白白就是一場軍事政變，是重複上演五代十國以來一直流行的奪權把戲。不同的是，趙當權後決意歷史不能再重演。重文輕武，不殺文人便成趙宋的家規國策。

武人怕武人，似諷刺，但細想實理所當然。

文人得寵，自當敢言，大不了最多受貶。

貶謫便成為不少宋代文人的羈旅。不知何解，人遠行往往會有意外收穫。最為人熟悉的自當是蘇東坡貶謫黃州便出了〈前赤壁賦〉、〈後赤壁賦〉、〈念奴嬌〉、〈定風波〉及〈寒食帖〉的不朽篇章。

今次到了河南新鄭的一個墓園。墓主有着相近的命運，生前喜歡叫自己醉翁。

那篇〈醉翁亭記〉千年以來不知伴隨過多少孩童讀書成長。那句「醉翁之意不在酒」不知成為多少人的日常生活用語。

醉翁其實當年不過只得四十歲，因支持范仲淹改革而遭貶至滁州當太守。醉，大概也是為了掩蓋一份無奈與唏噓。

對歐陽修有多一份親切敬意，因他是《新唐書》的作者，是歷史學家。

陵園清幽，到訪那天，在無人的展覽廳內我對着刻着蘇東坡書寫的〈醉翁亭記〉的石碑朗讀了一次〈醉翁亭記〉。

跟汴京一樣，歐陽修的名聲千年不墜。不同的是，醉翁亭保存了下來，而汴京卻淹沒了。

的確，整個汴京城保存下來的就只有一個鐵塔。

鐵塔很美，一千年前，由琉璃瓦建成。遠看像鐵色，故名鐵塔。當年建塔是為了供奉釋迦牟尼的舍利子。

鐵塔現在還可鑽進去爬上去。窄窄的通道斜斜的樓梯像入金字塔一樣，不同是鐵塔是向上而不是向下。

十三層高，裏面刻滿千年以來歷朝無數遊人留下的字跡，幾百年前的有，幾十年前的亦有。我竟也看到有人留字年份是宣統退位後的第一年。刻下來的字不是民國元年，而是宣統四年。

塔裏的磚跟塔外的磚一樣，多數是原來的千年用料。但也有日後翻新時裝上去的。我看見有一塊佛磚寫着是洪武二十九年（一三九七年），也看到另外一佛磚是萬曆四十二年（一六一五年）。

談開封不得不談包青天。包青天與范仲淹、歐陽修是同輩，長蘇東坡大約四十歲。

包青天出名，是因他當了開封知府（相當於今天北京市市長），判了幾宗大案。不畏權貴、秉公辦理的聲名是由處理一宗清拆貴族在汴河兩岸的巨宅僭建案建立的。

不過原來開封知府這個官他只當了一年三個月，辦的案自然不會多。後來民間小說說出了一百多個故事，鐵面無私的形象才

深入民心。

今天開封府是一個衙門庭園建築，重建的，新的。裏面放了電視劇常常看見的狗頭鍘。

北宋數風流人物，難説是哪一位。但要選南宋的，大概多數人會想到岳飛。

岳飛一生，誰都知道是精忠報國，到頭來卻換來莫須有。這不平，到了岳飛在河南湯陰的故里現場更感受得到。那裏的岳廟，像杭州西湖旁的岳飛墓一樣，入口處即有幾個銅像下跪着。中間的是秦檜夫婦，兩旁是幫兇。那裏的説明牌更指出民間一直痛恨秦檜，要油鍋對待，油條即由此而來，而油條在香港更直稱為油炸鬼（檜）。

事情或許真的就這樣忠臣遭到奸臣迫害吧。

還是還有更多的真相？

岳飛的「八千里路雲和月」是在南宋初立之際血拼出來的。當時北方為金人所佔，北宋的太上皇徽宗及皇帝欽宗亦給他們擄去。南宋的皇帝趙構是欽宗的弟弟。若岳飛真的打敗金人，收復山河，欽帝必定回朝，到時皇帝由誰來當便難說。

宋朝，今次旅程想見又可見的不多。但到過現場，知道宋城不會是小時候荔園裏頭的宋城。宋人也不是荔園宋城裏面一律穿着心口印有兵字古服的人。

宋朝，一次旅程已覺精彩。

一別長安

劉邦叫它長安，朱元璋喚它作西安。千年遙對，兩位布衣開國君求的同是一個心安，莫非起義得天下的平民建國的心情都是一樣？

「那邊沒甚麼看的，只不過是周文王、周武王的墓塚，不過就是兩個土堆。」

對，就是推演易經推翻商紂的姬姓兩父子。沒有他們，中華民族的面孔大概不一樣。

說那話的是載我們的西安出租車司機。

西安，周秦漢隋唐首都，全是中國人引以為榮的時代，要看的，數不清。文王武王，三千年了，年代過遠，古跡，要看，心裏想還可以清楚，現場看就不免模糊。要看，得看時間，得靠邊站。

這叫古國，這叫古都，說是身份，說是氣派。

「我去過的地方不多，但生於斯長於斯，上了年紀吧，現在就是一種舒服。又想，祖先就愛在這建都，十三個大大小小的皇朝，那總有原因吧。」

即便是隨隨便便的幾句，鄉情在古都，在另一位司機口裏，道來，就是悠悠，就是款款。

西安，難說。

看得見的已不少，看不見而要看的更多。

一幅地圖是起點吧。

那只得從一條河說起。

那條河是游着姜太公願者上鈎的魚。名不大，只是時常和旁邊的涇河相提並論而變得涇渭分明。

渭河北岸為秦都咸陽，南岸為漢都長安，西邊為周都豐鎬二京，東邊為隋唐長安、今天西安。

西安今天還有一座完完整整的古城牆，走上去，一個圈，要三小時。那是朱元璋定都南京後為求西邊綏安而建的，城比唐長安小多了，說十分之一也沒有。但現在進城的人，看那規格風範，說是六百多年了，有誰不驚訝？那時，還沒有美國，歐洲還未從千年黑暗時代甦醒過來。唐長安大十倍，那便是今天的紐約了。

說唐長安是紐約至為不過。人口百萬，世界第一；胡人十萬，國際第一。岑參詩亦云：「君不聞胡笳聲最悲，紫髯綠眼胡人吹。」

漢長安今天只剩下一缺夯土牆，大明宮、未央宮，夜看，夜未央看，或才能看得懂漢的輝煌。

地上沒了，地下鑽！

文景無為之治，為世人稱道。美談，或許也添了妝。

漢武帝父親景帝的陵墓陽陵開始挖了。還只是在外圍，仍只得幾個坑，但出土所見，祭品之豐，品類之盛，盡見有為的安排，那些豬、牛、羊、馬、狗、童陶俑成行成陣羅致，是新君不按先帝意旨堅持厚葬？

文物天天看也不是辦法。

山川風物也要親炙。

華山怎能錯過！西嶽的確非同凡響。要去，不是高鐵兩個站，便是高速兩小時。

山原來可以是這樣，原來要這樣才像樣。

是拔峭如劍，是奇峻如崖。

山就是一塊完完整整沒有泥土的大石，筆直掛天，橫亙矗立，磊磊落落。

金庸要英雄華山論劍，理所當然。

自古華山一條路，說的就

是險途。

山路全是陡壁天梯，登峯造極就是登天尋仙。

仙蹤杳渺，非御風駕霧不獲。

引道是西峯千仞天索。

山下長大的導遊三番四次隆重宣告，擎天索道二〇一三年四月開通。

山頂的站是西峯頂峯狠狠鑿開一個石洞裝下來的，二千米高，高入天、高穿雲。車吊在索纜，車搖風嘯。登山穿洞，完成羽化升仙。

詩仙山上説，黃河是帶，渭河是絲。的確，山下平原，蜿蜒可見是銀線一條。泥黃寬帶，像河載過流過的悠悠歷史一樣，是隱隱約約在迷濛遠處才看到。這就是中原吧！那古代的鹿，去哪裏了？不見了，因何人還在逐？

黃河看不清，去看清楚吧！

下山闖關直奔！

是潼關，古來兵家必爭的關中東門。

那邊的黃河，河面開闊，河水滾滾滔滔，兩岸的泥壩塌陷，一片蒼茫。親眼近看，黃土地化作黃水河，漲退間，竟能搖出文明、搖動江山，實在不得不驚歎祖先的堅韌靈巧。

別黃河，是一頓鯰魚餐。河旁吃河魚，三斤做湯紅燒，一魚兩吃，肉厚味甘，無骨嫩滑，黃河子孫這樣念中原黃河，黃帝應不怪。

出省城

火車過了羅湖，窗外一輪新月溜進來，下圓上兩邊尖，是寥廓笑靨，更是心情寫照。

五羊城，遙遠迷濛，蟄伏童年回憶斑駁的一角。

那時廣州是改革開放火車擁擠上車要爬窗的勇城，那時廣州是鄉下外婆到來照料學行表弟的舊城，那時廣州是越秀山剛裝上過山車的新城。輾輾車輪、串串叮嚀、顫顫心驚，廣州是童年的一座迷城。

廣州，教科書有寫，裏面是十三行、鴉片戰爭、林則徐、五口通商、黃花崗七十二烈士、北伐起點，是一幅中華民族烈火重生的卷帙，卷合，輕；卷開，重，很重很重。

香港到廣州，以前坐火車，慢車三四個小時，現在「和諧號」一小時就可，也無須定時定刻，十分鐘一班，輕輕鬆鬆。七十五元人民幣一程，再便宜不過。

從前，廣州的飯店只得幾家老店，想起，動不了身，還是讓二三十年的集體回憶繼續沉澱吧。現在，天河新區開了幾家新酒店，是著名連鎖品牌。遲來，但總算為這千年古城添新衣留客人。

的確，廣州是千年古城。廣州之名，三國時確立，之前叫番禺。現在的番禺，所指別處，大概是歷史陳跡的印記。而廣東一帶是秦始皇統一天下時久攻不下的百越，是陳勝吳廣起義時秦將趙佗趁亂建立的南越國，是漢武帝派兵殲滅南越國後建立的南海郡。宋元明清四朝疊加上去的街道遺跡亦已在市中心北京路出土，原址開放，遊人可從路旁玻璃罩俯察歷史的「深邃」。

南越國，《史記》有專傳記載，這塵封二千多年的歷史，一直無人問津，小國也就恰如其分，在浩瀚如煙的五千年長河裏一直隱姓埋名。但二十多年前趙佗繼位人的陵墓在越秀山一次建屋動土中無意發現。古墓完整無缺，並無盜墓痕跡，一整套絲縷玉衣出土，裏頭包裹着趙眜差不多化灰的遺骸，古代霎間接通現代，文字頓變實物，歷史化作現場，司馬遷通古今之變的苦詣，並無白費。

悠悠古國，歷歷眼前，那蕩氣迴腸，隨遊蹤一直伸延至城西的西關。名字已化作荔灣，西關是十里洋場的先驅。西關小姐也就是從這裏走出來的。大户千金、知書識禮、撇棄纏足、慷慨仗義，那是東風喜迎西風百年的溫存，泉源是那不足一里的十三行小街。

有說十三行是教科書裏洋人不滿的根源，鴉片戰爭的導火線。但十三行早已出現，那是早戰爭一百五十年的事了。清朝鎖國，並無外貿，獨准廣州通商，由十三行行商統攬，為時二百年之久。十三行地處西關，西關竄紅，為大清國際金融貿易中心。只此一家，便出了西關小姐，更出了華爾街日報確認的全球首富伍浩官。

十三行在英法聯軍時遭燒毀，百年滄桑，現在可供憑吊的是一條名叫十三行路的小街。它橫亙荔灣舊區一隅，街道雖不寬，樓房雖不高，但遊人如鯽，行人路停滿貨車，載滿貨品的手推車更是四處竄走，熙熙攘攘，熱鬧恐怕不減當年。

三日兩夜的旅程下一站是黃埔軍校。小時候，還以為此黃埔乃上海彼黃浦，後來才知道是廣州一處，現在到過後方知長州小島是軍校確切的位置，離市中心不遠，半個小時車程加一刻鐘渡輪即抵。軍校是孫中山建立，蔣介石當校長，周恩來出任政治部主任，來頭不小。七屆畢業生三萬多名軍人在國共合作下步出了校門，為北伐作先鋒。

校園早為日軍入侵時炸毀，現在看見的是六十年代重建最近又重修的新校舍。灰牆瓦頂、兩層樓房、四進長廊，盛載着為建國而自強不息的美夢。軍事只是課堂教授芸芸眾多的一課，德智體羣、數理文史，亦要考核。

全新的校園長廊的確沉澱不了歷史迴廊許許多多的跌宕。常常有人批評，說古跡修復後煥然一新反而令人掃興，說舊變新便失真。我看，那大概是忘了古跡最初也是新簇簇吧。要認真懷舊，恐怕非來一次時光倒流回到從前回到當時不可，這才夠過癮嘛。盛唐的長安，回去時，大街兩旁，樓房恐怕也是新建的吧，那麼古跡翻新翻身又何妨？事實上，不修，古跡會變成「估跡」，只得猜估的痕跡，是廢墟，剩下的，鬱鬱興歎的多，幽幽沉思的少。全新還是不好的

話，回復至半舊不新，略帶破落味又如何？那又的確艱難。幾十年的古跡還可以想像不新不舊的模樣，幾百幾千年的古跡新舊又如何定斷呢？況且，千秋流轉，物換星移，可留下的永遠不多，經費不足又是常態，故凡力有所及，應保存修復的便保存修復，這是珍重、是承傳，更是造福、也是添福。

這或許太沉重，的確添福可以簡單不過，添口福就是了。食在廣州，一盅兩件、三煲四燉，炊香播送，再次親炙，依然實至名歸。艇仔粥在荔灣不是香港的荔灣艇仔粥，它添了鮮魚片、多了煎蛋絲，而魷魚更是鮮甜那種，並無發水。葱爆東山羊羶香不膩，黃骨魚豆腐湯鮮甜好味，蟲草花燉雞清香撲鼻，就連水蛋也滿帶花甲而別有一番風味。泮溪酒家庭院深深、上下九路舊店連連、空中一號時尚綽綽，流連五羊城，三餐、一宿，總嫌不足。

廣州市大香港七倍，值得一到的地方還有很多。西關大宅、沙面洋場、康有為草堂、魯迅故居、三元里……實在多不勝數。但時光總是荏苒，離去只得依依，不捨得捨，歸去，越過一彎新月下的羅湖禁區。

茶明

茶，字看清楚，內裏原來就是人在草木間，多美。

那美，由來已久，千多年了，是唐代佛門成長的孤兒陸羽定下來的名、允下的姓。

茶從此離開了茶之名、跳出了湯藥之苦、滲進雅士的性、泡出文化的靈。說酒過烈，茶正好，英倫為之傾倒。茶葉入，白銀出。天朝豐，無匱乏。貿赤重，鴉片出。硝煙烽，炮聲隆。

一個農耕文明延綿五千年成為了一份青花瓷蘇州繡般的精緻，配以道德倫理的天命序次，當遇上遠方工業革命爆發燥熱的青春躁動火舌時，天朝的醒覺，自然來得艱難遲疑。

那年，英倫的蒸氣火車頭亦已轟轟隆隆了九年，而已御宇愈半世紀的乾隆，面對那不願下跪的濛濛火舌時，天朝天威也只能不滅不滅。那刻，McCartney 隱藏的火舌雖未冒煙，但已播下火種，火推遲了，但半世紀後，還是燒得熊熊。

茶，明，清熱、靜心，風物長只管放眼量。

說情說愛說時代

煲劇，成盅成煲，三十五集一口氣灌下，不膩不飽。

「還是二十年前嗎？」貫穿整套劇的就是這話。

大城市早已變得金光燦爛，耀目生輝的早已不是十里洋場，不插洋隊，不受洋氣早已變得時尚。

二十年過去了，變化還要多。

幾個青年，初出學堂，四處闖蕩，本地人也說機會不在，異鄉人更怕回鄉。是累，是痛，是徬徨。

主角沈若歆出場，三十出頭，四十的秦嵐演，單身、好看、耿直、能幹，職場悍將，但愛向星空凝望。

汽車行業，電動車興革，新舊交替，深圳總部派員督察，高層弄權傾軋。

處處刁難，處處忍讓。哪怕雙眼已冒火星撞，歷練還是鎖得住明睿目光，意氣不用事，沉着應戰，靜待時機一舉殲滅，從不犯錯，看着叫人安心痛快舒暢。

難關還是處處。上有上司猛烈追求，內有虎媽唬唬催婚。

忠於感受，拿捏分寸，千帆盡過。

深閨未見寂寞，倒是已婚閨蜜歎惆悵。

五年婚姻，七年未到未癢，但風光已膩，旖旎不在，夫唱生兒婦不隨。

跌跌碰碰，破鏡分房未分居再重圓，靠的是閨蜜情深，傾聽帶戲謔，淚流也得吃吃笑着。

友情安頓，情路也暗送。

小伙子祁曉，同屬虎。母親説剛好相差一輪。

下屬、近身，也貼近。

高俊、自信，也上進。

同屬單親，同是堅毅，同樣傲岸。

彼此靠近，不需要也不應該再是九十分鐘電影的一見鍾情。每日一杯咖啡的噓寒問暖固然不缺，但可倚可仗的更是總能化險為夷的足智多謀。

是賞識，心扉還只得閉着。芳心蕩漾，還要一點春風化雨。靠的是能填滿空空肚子的下廚絕活、能在腰間量度尺寸改衣送暖的別出心裁、能在頸項掛出許着串串星願的鏈墜的匠心獨運。

還是逃不開世俗目光，但遲疑得到男的等待，三十五集要過了二十集小伙子才敢表白，破冰更須靠一場暴風黑雨失蹤重遇迸出的激情。

不拒絕，但還是遲疑。心扉敞開，小伙子還是要等待。

就是這一等再等，小伙子便成了男子漢，融化了女子也溶化了強悍。

劇，寫實、動人，説情，説愛，説時代。

叫《理智派生活》，湖南衛視製作。串流平台叫它 *The Rational life* 。

繁花

「謝謝儂。」

買了《繁花》，重甸甸。印着那軟語輕輕的奶油紙條作了書的封條。

「儂，就是儂本多情的儂。您本多情吧。張國榮的歌。」我說。

「是，就是那個『儂』。我，是『阿啦』。」店員回了。思南書局是這樣賣書的。

書局藏下了整整一棟新建三層法式別墅，裏面的咖啡廳也建了小小的花園長廊，也是看書地方。

不止賣書吧。跟外面的思南路一樣，賣的也是一份閒情吧。

那是百年法租界留下的一點風情。

上海，樹多。法國人思鄉，遍植法國梧桐留下的。七月天，也不熱。街上走，看街、看人、看店，隨隨便便，看出了舊時上海、今日裝潢。

西暖閣

「惟以一人治天下，豈為天下奉一人。」

過去二十多年，每次到北京，公幹也好，旅遊也好，一有機會，總愛去故宮溜達溜達，總是要跑到養心殿西暖閣看裏面這一對楹聯。

不是看御筆書法，而是看豪情霸氣的御宇杼機。

話，說是張廷玉稍稍潤飾隋煬帝的原話悄悄說給他聽的。

當了皇帝十一年的時候他說了這句話：「朕即位十一年來，在廷近內大臣一日不曾相離者，惟卿一人。義固君臣，情同契友。」

原來只剩下兩年。

十三年亦臣亦友的情誼換來儲君人選為寶親王弘曆絕密的相告，也換來遺召身後以漢臣身份入皇室太廟供供奉的千秋榮耀。

「萬里長城萬里空，百世英雄百世夢。」

五十年皇帝近臣，康雍乾三朝御書代筆的感悟三言兩語道盡，但知易行難，晚節還是為身後名而不保。寵辱去留還是糾纏不清，還是行止失據。

軍機處是他創設的，他也成了第一位軍機大臣。有一次病，雍正對侍臣說自己的手臂痛。近侍驚問故，「大學士張廷玉患病，非朕臂痛而何？」

書載，雍正勤政，一天到晚都在批奏摺，除了過生日之外，全年無休，更無南巡外遊。張廷玉每天來回軍機處西暖閣相距的五十米路不下十數次。一次就是一道口喻化作一道聖旨。

這幾天西暖閣搬來了香港，駐蹕沙田。昨天去看，又看到了這一對楹聯。

從大埔到大埔

一

故鄉遙，何日去？

從一個大埔到另一個大埔相距五百公里，再返回原來的大埔相距幾十年。

現代都市人，一般只有住所，並無家鄉，不用鄉愁。故鄉，遙，遙不可及。但到中年鄉愁一沾，還是拂了一身還滿。

小學學生手冊第一頁有一欄填籍貫。記不起從哪一天開始自己不經思索便可填下廣東梅縣大埔。

那大埔，那時不知在哪，只知是常常掛在爸媽口中的一個名字。和它一起出現的還有梅林壩。

聽多了，知道媽嫁給爸，是嫁到梅林壩。我們幾姊弟便是那兒出生。籍貫又是出生地。

那年隆冬，媽接到通知，通行證批了，可前往香港定居和爸家庭團聚。一去應不返，前往港澳通行證便俗稱單程證。

媽高興之餘，亦感惋惜。能和分隔兩年的丈夫重聚，離開窮鄉僻壤到香港展開新生活固然高興。但這亦代表要捨棄才剛因防水患而改建升高了地基的祖屋住房。世事總是這樣，即使是好消息，來得太早亦未必好。

媽不時會說，那時離開鄉下，細舅由茶陽送至廣州，爸在廣州接我們。到達香港邊境時，關員看着我們，向媽舉起大姆指。那時，冬至近，天很冷。先到深水埗親友度宿一宵，翌日搬進爸於元朗租下的村屋。大鄉里就是這樣出了城。

二

到了！那壩原來不是壩，是狹長山谷的一條村莊。車在壩上行走不到五分鐘便停下來了，左邊的星散民居就是故里。下了車，幾位村民一臉茫然，不知到來的是誰。媽和細舅上前自我介紹。當中一兩位想起來了，忙道「你們回來了」。農村生活就是這樣，人人相識，農閒日日相對。

媽忙於聚舊問好，忘了帶路。可能因返回自己出生地出生的房間意義重大，原本焦急的心情到了現場反而變得茫然。呆了半晌，徘徊一會才穿進圍屋牌樓走到那房間門外。當門打開，媽和我走進在三十九年前一個黑夜中她生我的同一房間時，我久久呆

了，想着我人生走過的日子一切源自那不到二百方尺的斗室。耳邊有很多人在說話，但只變得嗎嗎作響，而視線亦變得模糊，一瞬間紅塵翻了幾翻，翻紅了一雙眼。未料的是將切開了的過去尋回，駁到現在，駁回的一刻，激烈也激盪。

樓房凋空了，上下兩層，各自兩室另加灶房已變作儲物室，擺放着凌亂的雜物。接近四十年了，遠親代為看管，保存尚好，屋內的一堂手梯依然管用。我從自己出生的房間爬上自己跟姐姐哥哥一起居住的房間，走出露台，看看外邊的田野風光，感到那是一幅古老的景像，有屋有豬為家，有田有口為國，農耕社會一開始的模樣大概也是這樣。原來，自己的根一直延伸至遠古。

三

祖屋位於由四排屋連成的圍屋的最行一排，即媽口中所指的四橫三堂屋最後的一橫。

祖屋牌樓雖矮小，但亦是瓦頂泥牆，滲着濃濃的古舊氣息。祖屋像現時屋苑，是有名稱的。居處題名，聞說是現已失落的中原本土傳統，經由客家人帶到南方保存下來。文化的承傳往往就是這樣弔詭。愈是本有文化就愈因自信而不用心保存，反當離鄉別井客家異地時，才懂得珍惜故有。

其實，客家傳統民居在大埔隨處可見。因大埔地處山區，開放改革的力量似還未真正降臨，傳統還未遇上現代。觸目所及都是一鱗鱗水田星落着一粒粒一圈圈的黑白村屋。瓦黑牆白，或高或低，或聚或散。聚可依山圈卷，樸拙憨實；散則新舊糅合，孤兀自賞。是聚是散，四周青葱，環山抱水，一派靜謐。旅遊書說大埔是客家的香格里拉，又是中國十大最美縣城。不過最令我高興的還是蘇東坡曾踏足大埔，並留下《過陰那山》一詩。

無論如何，現場所見，人間四月天在大埔，在層巒疊嶂、綠河淺水下，一切更變得亘古安靜、閒適逸遠，時而氤氤氳氳，虛無飄渺見柔情；時而天清氣朗，山明水秀現剛毅。一處山水一處人，這裏就是客家山水客家人嗎？而地靈就會人傑嗎？大埔總算出了葉劍英、林風眠、田家炳。而李光耀的祖父亦生於大埔，留下「中翰第」故居供憑弔。

四

第二天到了媽未嫁前位於百葉村的娘家。村落亦是只由十數民居組成，但已設有村校。學校雖已關閉，校舍亦已凋零，但那以一顆紅星高掛校門的校園卻似仍在隱隱訴説衷情。走進去，課室四間，門外均留下還未完全脱色的紅色口號，説「全國應成為毛澤東思想的大學校」、「教育為無產階級政治服務」、「教育與生產勞動相結合」。口號巨型，雖已斑駁，依然火紅，似在幽幽的校園哼着共和國青春熱情的舞曲。

媽曾在那校園裏任教兩年。她説着説着，想起那時她年方十八，剛從高中畢業便執教鞭，臉上泛着燦爛的笑容，不經意喚醒了頽垣荒園內外的青葱。

十八之前的媽生活是怎樣的呢？答案就在離百葉不到半小時車程的茶陽。那裏盛載着媽中學六年寄宿生活的美好回憶，那裏也是爸媽相遇邂逅的地方。

那中學名字直截了當，就是大埔中學。離開了足足半世紀，媽帶着兒女、外孫同遊她畢業後從未踏足的舊地。看她滿心歡喜，邊走邊説道左邊那幢三層樓房是爸當年入住的宿舍，她自己宿舍在另一邊，在山邊上。還道當年爸得手是一招無盡殷勤，回家明陪，伙食暗送。她邊説邊笑，青葱歲月，花樣年華，誰不依戀？

重踏舊日足跡，看不出媽激動。大概反映年屆古稀的心境，或許也是因為她第二次回去，更要緊的是再會鄉親。我反而是尋根，伴着好奇，帶着希冀。又能踏上她前半生的足跡，她的往事又能在歷史現場聽她娓娓道來，感到很欣慰，像是填補了很多、找回了更多。

回鄉到了分屬自己族人的祠堂，感覺尤其特別。那裏擺放着電視、電影中才能看到的神主牌，訴説着自己的由來是這樣一塊塊牌經十九代人遞嬗下來。始祖名碧江，是朱元璋的子民。看着這陌生的名字，很難相信自己血脈裏有着他的蹤影，但一脈相承不就是這意思嗎？想着想着，不禁茫然。

五

我是客家人，説客家話。小時不覺是甚麼，現在才感珍重。客家人源自中原，過去二千多年經六次大遷徙輾轉流徙至南方四散聚居。先是一百萬秦兵屯戍南海郡因秦亡而留下繁衍的一族，客家話因而保存了秦音（秦始皇也是操客家話？），繼而是因五胡亂華、唐末動亂，宋亡偏安而南遷。客家就是現今用語的新移民，族羣不以血緣為經；亦因四處流徙，身份亦非以地域為緯，旅遊書甚至指其是東方的吉卜賽人。那麼是甚麼維繫着他們呢？最明顯的是客家話。

客家話只是方言，不是書寫語，入門不易。自己仍諳鄉音有賴外婆生前傳授。她六十歲那年從鄉下到香港照料我們一家十年。當時我才十一歲，和她同房，每晚我總愛和她剪燭夜話，向她縷述大都會大千世界的千奇百怪。不知不覺客家話也成了自己的母語。也許就是因學懂不易，客家族羣得以以自己的方言維繫着這樣一個中原落泊但生生不息的族羣。事實上，客家話的「我」寫作「𠊎」，跟廣東話的「涯」同音。友人指，此意謂人立於崖上、人在天涯。

語言維繫的力量若不足，客家人有妙法。明清時，客家望族一度建成或圓或方的土樓。大埔就有兩個，圓的名花萼樓，方的叫泰安樓。不論圓方，客家土樓很獨特，是一樓一家一姓。花萼、泰安均樓高三層，瓦頂泥牆，房間二百，圍成一氣，屋城合一，家村結合，儼然東方的堡壘，抵禦日月風霜、殺退年華老去。

看了書，也得知客家菜也保留着中原遠離海洋尚鹽、好酒、嗜薑的特色。名菜便是鹽焗雞、薑酒雞、薑正番鴨、釀豆腐、蕨菜乾、鹹菜豬肉飯。大概中原美食亦會是團結族人的好方法！

離開大埔返回大埔，由坪州梯田出發。阡陌成梯，一望無際。但雲厚天低，霪雨霏霏。鄉愁，一次旅途載不動許多，反而勾起更多。這才愁！兩歲離鄉帶着沒有丁點，不惑回歸，竟然牽動多！牽動甚麼？

詩人說：

「小時候，鄉愁是一枚小小的郵票。
我在這頭，母親在那頭。
長大後，鄉愁是一張窄窄的船票。
我在這頭，新娘在那頭。
後來啊，鄉愁是一方矮矮的墳墓。

我在外頭，母親在裏頭。
而現在，鄉愁是一灣淺淺的海峽。
我在這頭，大陸在那頭。」

臺北軟雨

耶誕前，臺北下着雨，天濛氣冷。臺大那邊城舊，樓房三四層，人稀，街走在騎樓下，燈黃、燈暗。路上，情侶打着雨傘騎單車，女的站在後，貨放在前，時光迤邐，彷彿回到了民國。

羅斯福路旁，幾爿舊書店，藏了書，也藏了幾條靜巷窄弄，留住了人，也留住了時光。

一家麪店因着熱騰騰的湯而無用張羅，招搖的倒是店外機車的成市成行。還有那茶館，送暖送甜，客人碰杯碰碟，碰出的是綿綿的輕聲軟語。

千雨千尋

山嵐靄靄，車燈照出千千雨絲。一個退了色的黃金夢，尋，也得千迴百轉。夢成就了一座山城，山城也圓了一場夢。

是一場百年興衰落在一座山城，一名導演，深情看出一幕悲情，無意卻掀出一次興盛。

像電影，淘金熱起於一次無心的觸碰。一條橋的修建碰上了一撒金沙的撥弄；一陣墟撼，村得九人外出買東西要九份的旮旯山居搖身變成一座天空之城。

淘金，熱了人，也惹了官。那是一八九〇年的事。官自然要管，但才過五年，官便轉。光緒的官改為明治的官，一改五十年。

時代再變，山空，夢醒，山城荒落了。山城山梯陡斜陡峭依舊，留下的人卻無心也無力迴旋其中，落得空曠空房。悲情城市，情歸空山空巷。

那是八十年代末。

《悲情城市》上映，梁朝偉主演，一家人的天人同悲給悲情療傷，百年盛極而衰後的孤寂變得鬧哄哄。

那陡斜的山梯從此不再陡峭。人有心也有力上下迴旋了。

多了紅燈籠，多了霓虹管，多了面具，多了茶館，來了客棧，也來了宮崎駿。

漫天灰濛，雨打風吹，山路迴轉擋不住遊人風流的進攻，基山街那老街的麻石路也不知是雨滴還是腳踏出來的緣故，今天到訪時看去分外平滑光亮。

窄窄的街竟容得下兩邊延綿不絕的店，店似蜜，人像蜂，沒人沒店，沒店沒人，店成流，人成流，石板上的雨水也成流，一切川流不息。頃刻，人聲、雨聲、叫賣聲交融，揉碎在悲情已過的山城中，彷彿要讓九份再來一次黃金夢。

按：聞說二〇〇一年宮峻駿執導上映的《千與千尋》取景九份，記主角千尋變成千，道盡人間的貪嗔痴。

十份十分

詩人說過，記憶像鐵軌一樣長。我說，短短的路軌盛載得更多。

臺北的雨很細很長，下了一天又一天，亦跟那要攀過的山一樣，是一重又一重，連綿不斷。

天正黑，正好！雨還在下，行嗎？

車停下，才走兩步，便看見路軌。

原來是火車小鎮。

但奇怪的是人站在路軌枕木碎石中央，一小團一小團的。火車軌一定已是停用荒廢了。

孔明燈在這裏原來是這樣放的。這裏不叫孔明燈，叫天燈便正好。地是牢牢地鎖在路軌下，上升，便是向天飛，離開了土地，也離開了三國重重的歷史、孔明重重的權謀。放燈，也是放人，心遠走，身高飛。

但人何曾是這樣的輕鬆無求？

天燈等身高，方方闊闊的，賣燈人送墨送筆；放燈人孜孜地寫，密密地填，哪管裏面的健康發財成不成真，四面填得滿滿便歡欣。還是怕有漏網之魚的話，天燈顏色可選一款合心，紅的吉祥，黃的添財，白的順利，紫的多福，多心的更可要四面四色，八面玲瓏。

繁文縟節不管可以，放燈一刻的過癮不理不可以。

賣燈人過來拍放燈人的照，錄放燈人的片，喧鬧一二三，此起彼落。高興過後，才來高潮：「點火！」

紙的燈掛着紙的芯，多合襯。下着雨，火照樣起，全因紙芯沾了爐油，一點就是火光熊熊。

手捻着燈頂，感受着燈的熱；眼瞪瞪，看着燈的脹；燈撞向手，正緩緩升；人張開口，在嘩嘩叫。一切蓄勢待發……

突然，人聲鼎沸，嚷着：「火車來了！」

黑漆漆的遠處透出兩束光，叫雨絲發亮，像第三類接觸，先要世界停頓，呼吸閉止，才准雙腿橫衝。

火車的隆隆，在暮色的濛濛，人潮的匆匆下，成為無聲的空空。

車過後，雨還是下着，天空空空，散落幾點透光的朦朧。

九份多一份，原來是十分。

臺北憶記

臺北始於艋舺。

艋舺在臺北城西，在淡水河旁，原指原住民用的獨木舟。當年，施琅收臺，建府台南，北邊荒蕪，福建人東渡過去，原住民乘艋舺渡淡水河去交往，那處便叫艋舺，名字比臺北早到了一百多年。

現在舊的東西在那裏剩下不多，只有一段小街，橫亙在廣州街一隅，叫剝皮寮，當年是用作剝去樹皮的木廠，現在是剛翻新過的清代民房小區，像佛山的嶺南天地的街道修復一樣，為歷史留下城市的印記。

可能是因為身份特殊的關係，艋舺沒有甚麼好看便足以叫人要看。人去過，像朝聖，便滿足。

要看老臺北，便要再稍稍向北邊走，那邊叫大稻埕，它是老臺北的老二，因艋舺生亂人逃而生，像劍橋因牛津出困人離而起一樣。

那區份名字充滿東方農耕氣息，還不夠，當年前來的人思鄉，主街便當新疆，當年首府不叫烏魯木齊，叫迪化，意謂啟迪教化，主街便叫迪化街。

迪化街，地久、街長、天高天闊。

街兩旁樓全是兩三層高，天比高；招牌跟香港的不一樣，只得直掛，天比闊。天開了，心也開了。

街上走，是看店看樓。店賣南北行雜貨、也賣茶、賣竹器、賣新藝術，一片新舊交錯；看樓是看門楣、看風格、看品相，看得出西洋、看得出東洋，更看得出清裝，熱鬧非常。

臺灣，又稱寶島，小時候只知那邊回來的人拿的手信叫「新東陽」，心想那可能就是寶；長大後，知道了鄧麗君也是從那裏來的，同時也知道葡語叫它美麗的島，那麼心想她就是美麗；而後來，知道臺灣從荷蘭人、西班牙人、鄭成功、康熙、日本人，蔣介石時代到後來，走過了許許多多的路，才明白那美麗，那寶貴可能更是緣自歷史的砥礪。

遨遊

劍橋離不開

怎去開始形容這座城？寫了一首關於它的詩，仍未感到合意。

別了，劍橋或才能看得清。

劍橋最大的本事不是名氣，而是氣韻。

氣韻源自校園的高雅極致。大學發展始於中古黑死病過後人才凋零教廷急於培訓人才、偶成於教員因牛津校園動亂出走、茁壯於皇室大力支持。故校舍主體是中古的樸拙配以皇室教廷的莊嚴肅穆。三一巷甚至古樸得有點破陋。但漫步穿過，抬頭一看，會看到希羅建築的餘韻，耳畔偶爾傳來書院裏教堂的鐘聲，隱隱然滲出一種渾然天成的靜謐，頓時令人遺世獨立。

氣韻的氧分亦由古木呼出。

紐納姆書院 (Newnham College) 是大學三所女生書院的一所。第一星期，

所有課堂都是在那裏進行。校舍位於校園的南方，每天我們得步行二十分鐘才到。每次都會看到牛羣，遇上天鵝一家八口。那是我一生最愛走的一段上學路。

一踏出酒店，那醒神的晨風在出奇變冷的六月天吹着淡淡的樹香。是老樹遍佈校園每個角落飄來的芬芳。

走到康河在校園的下游，更會看到莫奈畫中出現的楊樹（poplars）羣，樹幹很大很老，枝葉繁茂得像毛筆頭一樣捆起來，勢似火焰向天飛奔。

走過濕地，穿過小橋流水，再經過一些平常巷弄，便會看到紐納姆書院所在的一條長滿老楓樹的長街。每逢小息午飯，我總愛走到街上，在樹蔭下散散步，從街頭走到街尾，哪怕只得幾分鐘，一份亙古未變的閒適雋逸已可感受到。

閒適在靈秀的校園國度原來無須刻意放慢腳步便會出現。縱使街道縱橫交錯，店鋪書院錯綜紛繁，人總是不徐不疾。車輛不多不快總愛讓人，單車多，款式古典悠閒多，不少更連帶藤籃。

閒適靈秀的真正主角是書院。它們組成大學也組成校園。

三十一個書院，每個學生四百至六百不等，例必寄宿。最早的書院叫彼得院(Peterhouse)，七百年了。那是朱元璋的年代。

跟其他書院一樣，彼得院像大宅院。兩三層的樓房深深，古雅別致，在鐵鏤的大閘外看，像深閨美人佇立掛着呢絲窗帘的窗前一樣若隱若現，雖只可遠觀，但一見難忘，離去後帶着牽掛。

不是每個書院都是禁地。大街上的英皇書院(King's College)，三一院(Trinity College)及聖約翰書院(St John's College)便對外開放。一次清晨，還不到六時，我走到由亨利六世下令興建的英皇書院門外仔細端詳那大教堂的皇家氣派時，守門的Porter老先生向我招手，示意邀我進內作私人參觀。冷風仍在吹，但人間溫暖在那中古城堡木門打開的一刻滲進了心窩。甫進，看到的不再是庭院的深深，而是古道熱腸在一大片草地的坦坦蕩蕩。

校園草地很多、很端莊，不少邊幅更像男人鬍子每天刮過後一樣貼臉似的，軟泥連草坪也略略比旁邊路面升高，像一塊糕餅放在碟上般。美感經此一刮一升隱約昇華成一份堅持的美德。而這份執着經過幾百年的累積沉澱，彷佛在有意無意間已化成一種哲學。莫非一代代的學人都是因在一幅幅草地上沉思後變成哲人？

教授帶我們到耶穌書院 (Jesus College) 參觀時解釋，草地分三種。一般的一般人用；齊整無瑕的教授院士用；而教堂旁的只有神才能沾邊。的確，開校已八百年，先賢無數，學子遊人在一片靜穆的庭院裏，在求學朝聖的路上，誰不帶着敬畏神一樣的心向人類理性智慧殿堂頂禮膜拜？

劍橋的先賢的確浩似繁星。而星，在劍橋也顯得分外光明。

那誰才是北極星呢？

恰巧最近有人去問莘莘學子。校園報章報道指答案是牛頓、達爾文。牛頓，名字比劍橋更響。書上説他性情孤僻，不好惹。一生不娶，大概因而得到世人易明的解釋。

牛頓的事跡在三百年過後的校園仍為人津津樂道。那蘋果，因他，一跌成名。那樹，也子憑母貴，子孫也得到蔽蔭。今天校園內、大道旁便種有一株據稱為該樹直系繁衍下來的蘋果樹，位置更在牛頓當年在三一院居所的窗外。

無論如何，蘋果的事是真的。

牛頓晚年一次在倫敦肯辛頓公園與友人散步時提及這年輕時的往事，友人記錄了下來，成為印證。但原來蘋果並非跌在他頭上，只是他看到蘋果跌下想到萬有引力而已。

蘋果事跡廣為人知，較少人提但在劍橋無人不知的是校園的唯一一座木橋是由他設計。爭議的是橋是他建的嗎？遊康河時，船夫說這是跟紅頂白的穿鑿附會。傳說說得更厲害，說橋不用一釘一鐵而成，後人修建重嵌無門無方，害得今天那號稱算術橋的橋身滿佈鐵釘傷痕。我可不理，看着木橋，想到牛頓，來了一次三位一體的暢快！

但其實真真正正的三一結合，牛頓過後，應該是多了一重意義。不是嗎？大學、牛頓、不朽名聲不就是從此永結不離嗎？

與牛頓齊名同葬西敏寺，同樣改變人類進程的達爾文在劍橋的故事同樣傳奇。

他好蟲鳥、嗜唱好飲、打牌打獵，邊讀神學邊荒廢學業，與不朽名聲沾不上邊。

但這晚境憶述少年意氣還是隱隱透露出玄機。

他愛到校園東南側的牛羊樂地（Coe and Sheep Fens）捕捉昆蟲，一直樂此不疲。萬料不到的是，此一癖好竟然改變了人類歷史。

快畢業時，因他的愛好，他獲薦參加一次環球航海地質生物考察探索。

登船二十二，下船二十七。五年的探究，經二十二個春秋的推敲琢磨，一個在航程途經的加拉帕戈斯羣島（Galapagos）上看過知更鳥後的感悟，進化下來，變成一句「物競天擇，適者生存」。

古今之變，天人之際，百代之謎，竟一語道破。

劍橋的光芒從此變得耀目。光束今天仍可單單從當年由達爾文於旅途蒐集回來現放在校園博物館的各樣地質生物樣本中看得見。

但光芒照在康河上便變得柔和。

如果書院是劍橋的一張俏臉，康河便是臉上的一對酒窩。

其實康河是劍橋一切美好的根源。沒有河，就沒有橋，也就沒有劍橋。

一度橋，是羅馬帝國長鞭的伸延。橋輕輕放下，河便成了仙子。而河的兩旁便化作天國。

康河小，像江南水鄉河道的小。

康河嬌，比深閨初戀少女還嬌。

河水不深，竹篙插下可及底，河水不清，詩人拜倫二百年前在劍橋讀書時也說過。

那麼河醉人，為何？

那便離不開幾度古橋、幾株楊柳的幾度夕陽紅。

柳樹因徐志摩八十四年前在回國的船上賦下的名詩有了名分，成了夕陽下的金柳，在波光裏的豔影找到身影找到身份。但那貫連着幾個名書院和康河的橋為康河留名立下的功似乎被忽略了。

三星期進修的日子裏，我差不多每天也要到橋那邊走一趟。總感到，那裏才是劍橋秀氣靈氣的泉源，不多親炙，怕離去後，再想起劍橋時，緬懷的情懷會找不到據點。

我最愛站在三一院上看康橋（Clare）。四百多年了，橋身矮矮，三度橋眼，半拱着，也斑駁着江南水鄉古橋似的灰灰白白。看，是看它的古舊、看它的忠厚、看它的典雅、看它的深情。書上說，當年維多利亞女皇巡視劍橋時，康河風情她也是要站到三一院上御覽。

每當橋旁的河道出現撐着船篙的船夫駕着扁舟時，康河便會再一次成名。輕舟的搖曳，在古橋身影繾綣下，遇上夕陽柳梢，會化作晨鐘暮鼓，空中跫音會隨着船篙的一收一縱聲聲播送，若遠若近，撫慰蒼生。

談康河，不得不提的是每天在康河訓練的划艇隊。

划艇隊的唯一作用就是要打敗牛津，這不共戴天的目標已堅持了一百八十五年。

到訪划艇隊基地了解劍橋特色及借鏡領袖培訓是課程的一部分。基地名字簡簡單單的叫 Boat House，地點在河的上游，急步走了半個多小時才抵達。裏邊，劍橋的校色湖水綠鬆滿一室，自一八二七年起的賽事結果及隊員名字掛滿一屋，幾近不成功便成仁的格鬥精神填滿每個角落。

划艇八人一隊，各人掌一槳，半向左半向右，梅花間竹，船頭另有隊長指揮。比賽每年五月在泰晤士河一段七公里的河道上進行。可能因為是全國直播、現場幾十萬人夾河圍觀吶喊，賽事又會直接為兩間大學定毋庸置疑的高下，輸贏看得很重很重。贏是終生的榮耀，輸是一身的背負。

但勿論成敗，入伍已是光榮。一週六日清晨開始每天訓練兩小時，鍛煉的不單單是體能，更是能背負世紀傳統百代寄望的一份意志一種合羣。

教授說，近二百年的賽果劍橋略略佔優。但近年牛津不斷急起直追，教練隊員最近決定改變策略，放棄百年謙謙君子的作風，改為進攻悍勇，一句由幾張白紙打印成的 "Fxxx Oxford, All Day, Every Day" 口號從此高掛在訓練室的橫樑上。我們看後無不莞爾，心揣將 "Oxford" 那頁翻轉寫成 "Cambridge" 會是牛津划艇隊的口號嗎？

本是同根生，劍橋牛津何用相煎？其實，兩顆都是英國的耀目明珠，光芒依然四射，並無跟隨沒落的帝國淹淹下沉。即便是餘暉，暖在心頭更勝旭日。而事實上，兩校相比，劍橋或許佔優。早在三百多年前，校友哈佛已在大西洋彼岸建立「分校」，那區份更直稱劍橋。今日，雖然青出於藍，但母子同體，聲名加起來或比牛津響。

來自新加坡的同學說，她到劍橋是相信三年可以造就李光耀，三星期她大概也可幹一番大業。來自非洲加納行年幾近耳順的同學在接到「畢業證書」時高舉證書說，他終於完成了他媽媽多年來要他完成的事。來自巴基斯坦的同學說，日後他要送兒女到劍橋。

原來劍橋別了，還是離不開。

兩京一路

中山路沒有中山狼，也沒有熊出沒，有的是二百年戰國殺氣騰騰消散後二百年鎖國的太平幽幽。

一六〇〇年，萬曆已沒有上朝十七年，而莎士比亞剛寫下“to be or not to be”，德川家康關原大戰大勝，奪得政權，建都江户。

戰國時代去，江户時代來。

天皇仍留守京都，諸侯屏藩，幕府政權未感穩妥，行「參勤交替」，要諸侯年年到江户參見執勤，而家人更要定居江户長期作人質。

一條連接京都、江户的中山路便出現。修築開支、維修費用一律諸侯支付。每次往返，浩浩蕩蕩，一行五六千人不足為奇。排場不足的，入宿場更會僱用臨記充數。

沿途耗費，留住江户破費，幕府的手腕比路易十四建凡爾賽宮令貴族荒廢政務來得更徹底。

這樣，十天摩肩接踵的山路旅程便穩住江山便開創太平二百多年。人員交往、商貿交通，一條山路也造就江户一城絕代繁華。

這樣的路留了下來。馬籠至妻籠的八公里段更留住往昔時空。客棧、村莊、山路、樹林、小溪、瀑布一一山區迤邐，緊鎖四百年未變的安慰。

路牌説行畢只須兩個半小時，今天發現，飛越時空，一來一回五小時。

出島

出島(Dejima)，名副其實。
地點出塞，位置出海，身份出格，作用出奇。
內戰結束，武人執政，但諸侯分封未變，農耕經濟依舊，島國主人盤算，
只要內部和平、各安本分，政權便穩，外力不用恃、不可恃。
不如鎖國。
一鎖便二百多年。
但島國四面環海，出海實在禁之不絕。
開一個口，嚴管，還是上算。
口離京畿愈遠愈好。

九州最遠，那邊，長崎最偏。

還是不夠。

陸地還是近，推出海方能隔絕、方可嚴管。

填海造地！

島築了，但也只得十五萬平方尺大小，僅僅只能裝得下十多棟樓房、劃得出兩條街衢。

但這麼一丁點的口卻匯聚成就。

葡萄牙人用了一會，荷蘭人用了很久。

生意興隆自當必然，意想不到的是西學東漸。

荷蘭人多，西學便叫蘭學。連英國人居住的區也稱荷蘭街(Dutch Street)。

蘭學從出島引入，有入無出，牽動的不是一個島、不是一個市、不是一個州、也不是一處京畿、甚或不是一個時代，而是一次國運的狂飆。

明治維新富國強兵，所求不單是奇技淫巧，更是體制、精神價值的變革。

推動着這些不是他人，而是地處邊陲易接觸蘭學的長州（本州南端山口縣）藩和薩摩（九州鹿兒島）藩。功不可沒的更是從小便學蘭語諳蘭學的一代宗師福澤渝吉，脱亞入歐的本位革命便是由他倡導。

今天出島不是島。鎖國結束，出島收工，周邊滄海也確確實實變了桑田，建了馬路，搭了樓房。

這十多年來，完成了考古發掘，也完成了重建重置，工程今年剛好完工。出島再出現，一個離江户時代最遠的一處江户時代興許也重現了。

今次到訪，流連了一個下午，看到古樓房，看到古裝潢，走過貨倉，走進廳堂，感時代流轉，覺變幻尋常。

開國

那天過後，了仙寺便稱開國寺了。

寺旁現設博物館。博物館主管待客至上，特意引路，帶進寺內，更客串解說當日情況。

「美國人坐一邊，我們坐另一邊。他們用椅。我們便用多塊榻榻米墊高，確保大家平起平坐。」

說這番話時，她特意蹲在寺院的木地板上權充坐下，聲調手勢也同時作出充分說明。

當年場外更集結了全國招來的八十名相撲大漢，以振聲威。

這場面實在苦澀。

裏面正舉行簽約儀式，簽的是不平等條約。

不過，這經歷在現代化成功經濟騰飛後回看，苦澀在日本人眼中似已化作平白幻作璀璨。

簽約地點離那老遠前來簽約的人登陸上岸的地方不遠，信步可達。那上岸地點亦好好保存下來了，還豎了像、立了碑。像，是為前來簽約的人而豎；碑，是為約簽了一百五十年而立。連接兩處的小徑當日風貌亦保存下來，直叫陪里路 (Perry Road)。下田二次大戰後每年更舉辦節日紀念他的到來。

今次去伊豆，不為溫泉，也不為舞孃，為的正是下田這個日本人現稱作開國小鎮的地方。

下田，中學大學課本談述培里叩關時沒有提及。印象中，實在在哪裏叩關教科書也語焉不詳。

去歷史現場，隱隱約約是為填補空白。

歷史回到現場，外人仔細看，苦澀難以變作平白，更遑論璀燦。

幕府鎖國二百五十年。鎖匙由長崎出島掌管：外貿只由出島出，而全國各處則安享太平。鎖國，的確太平。

開國，鎖匙交到了下田。

取得鎖匙的那名美國人和英國人到廣州一樣，船開到日本，也是經香港。

也和英國人一樣，他的船裝有大炮。

但不同的是，他沒有開炮。或許他根本無須開炮。

他是軍人，坐的是軍艦，明刀明槍。

船是黑色，日本人稱作黑船。博物館也索性直叫黑船博物館。館內資料解釋，黑色，是為防水髹上瀝青所致。

單單是這樣嗎？

那年的夏天，四艘船在江戶灣出現，在黑漆漆的壓力壓境下，江戶城一夜陷入一片恐慌。

船稱只是信差，送來美國總統的信，要求開國通商。

不允，如何？清廷十二年前的遭遇，幕府不會不知。

但也總不能一口應承：借口是請示天皇需時。

培里回國等……

秋天過了，冬天亦過了。

春天來了，黑船又來了，還多了幾艘。

美日「友好」條約便簽了。時年一八五四年。
十四年後，幕府倒台。

子彈火車

子彈火車，像地下商城，是童年時從大人口中得知的見聞，像歐洲人當年看馬可波羅遊記一樣，知道了無限嚮往，卻也真偽難辨。

原來的確真假難分。

子彈火車之父是當年日本鐵道部主管。

一九六四年回頭看是一切奇跡的起點，離戰火廢墟不

足廿年，鐵塔建了，奧運辦了，經濟起飛了。

但當時對主管而言卻是死線限期。

子彈火車技術可行，但一定虧本，不會歸本。

再糾纏下去，奧運開幕，子彈火車一定不能通車。

科學情感揉在一起，便來了一盤假賬……

未識穿，人類第一輛子彈火車便橫空面世：新幹線0系一九六四年依時依奧運開幕，以當年劃破時空的兩百公里時速開通。

識破後，主管進了監牢。

二十年後，第二代子彈火車100系面世，東京到大阪的新幹線由原本四小時減至兩個半小時。如今，博物館看，子彈火車已發展到第七代。

翻查資料，曾有報道稱，指子彈火車乃至日本的其他鐵路項目基本上有利可圖，但原因仍不過是地產補貼而已。

的確，假作真時真亦假。

跟紅頂白

日本畫常見牠們。黑白身影頭上一點紅，以前看，跟不上，看不出味道，只覺得很老氣、沒靈氣。

現在，樹也看得出味道之年已屆，自然看得出牠們的漂亮、高雅、靈秀。難怪又名仙鶴。

這次到來，也是慕名而來。

知道冬天牠們才多出現，但也想碰碰運氣。

結果是馬路旁萬幸的驚鴻一瞥。

車窗外遠處看到。鄉郊路，車不多，車停下來還來得及。

那曠野，茵茵濛濛。遠遠的風采，如幻似真，不禁半信半疑，望遠鏡一驗，頂的確紅。

這幕一過，整日濕地遍尋不獲，芳蹤杳杳。

查了資料，野生丹頂鶴，瀕危，數目較野生熊貓多一些。

日本有一千隻，相對於其餘的一千五百隻，牠們是留鳥，長居日本，不是候鳥，不離境，難怪奉作日本國鳥。

丹頂鶴香港動植物公園有，一大一小我見過。這邊釧路縱是他們一大族羣的家，日本人要見也不易。惟有豢養，一處三隻，今天見了。兩大一小。該對在囚夫婦竟還有興致跳起舞來。另一處十五隻，今天沒去。

天上人間

夜，這邊，的確是一幅布幕，沒高樓、沒路燈、沒人煙，從天而降，掉下來，便來得徹底、來得實在。

帶路，靠的是日落那度橫臥海上久久不散的柔柔金光。引路，依的是北岸盡頭小企鵝綿綿不斷的切切歸望。

個子小小的，上岸，單獨的有，雙雙對對有，三五成羣的最多，都是一先一後，不徐不疾。走得前的，會

停下來等候，像家人、像朋友。日出下海時，也是相約相親的嗎？

人蹲下來，牠們搖搖晃晃走過，剛好及膝，那親近，伸手可及，就連牠們身上水珠也看得見。

這邊還是冬天，解説的人是學生，説明天便春天，冬天今夜要落幕，謝幕寒風不會錯過。他帶着電筒，久不久便照向海邊，引領目光。雖不是每次都碰得上仙子上岸未慣塵世的遲疑身影，但總離不開凍紅的一廂臉龐。

懸崖上的燈塔擔子可重得多。企鵝日日夜歸，導航，晚晚要挺着身，發出不是一點光亮，而是三束催歸的迴旋眼光。

歸去。漆黑，滿天星，亦清亦朦，是點點星光，是卷卷星塵。人説，往事似星，閃在目前。星光，看到時，已是往事，走過了千百萬光年的也不少。星塵的迷濛，是往事的無盡嗎？銀河儘管霜冷，也有看不清的時候嗎？天上人間，大概同因清濁結集，才如詩似歌，才看過不忘，才聽過會醉。

按：記塔斯曼尼亞北部浪詩頓市 (Launceston) 市郊北岸低頭鎮 (Low Head) 看仙子企鵝 (Fairy Penguins) 入黑上岸。

遊澳點滴

一

悉尼機場別出心裁，小巧實用。寄了行李，穿過櫃位便已入了禁區。過了關才見店鋪，逛店更安心。入境亦妙，店花店在先，領取行李在後。店花了時間，行李便等人，不是人等行李。

二

人少，馬路不見車不見人，只見動物。路過不成的，一片血肉模糊，行車幾分鐘見一次。過得成的遇上四次，兩次是旺八(wombat)，一次是浣熊，一次是吃蟻箭豬(echidna)。站在路旁不過馬路亦有，全是小袋鼠(wallaby)。

三

湖心旅館遇上來自臺灣的年輕職員。他主理膳食，熱心熱情。我感冒了，他專程特意燒了一窩粥暖心暖胃。送別更回頭送水，説一路平安。古道熱腸，銘記不忘。

四

塔斯曼尼亞省府荷伯特看病醫生可以上門。吃了晚餐臥牀休息等候，真舒適。醫生帶着藥箱帶着助手到來，探熱針聽筒用過，開了藥，輕聲的安慰輕聲的離去。收澳元兩百。

五

Hamilton 鎮路邊食肆，前店後居，店東夫婦二人，髮鬢蒼蒼，木訥不語。店內五房相連，放滿似是貨品的舊家具。臨別男店東透露，由悉尼過來，贏了空氣，輸了死寂 (too dead for me)。現正籌謀樽裝水買賣，經香港賣入內地。他說喜歡香港熱鬧。

六

塔斯曼尼亞生蠔好好吃。在那家由香港人在朗詩頓市開的美華（Me Wah）酒樓吃的最好。那鮮甜之前沒試過，之後大概也不會有。

七

在悉尼遊覽了一百七十多年前建造，現為博物館的監獄。中學禮堂般大小的建築當年住了過千名由英國運過來服役的囚犯。小偷多，判三年、七年、終身的都有。他們過的是勞改生活，日間外出幹苦力修橋築路，晚間回去睡吊牀。估計澳洲十分之一的人祖先便是這些囚犯。祖先是監躉過往是避忌，近年鬧尋根熱，現在說祖先是開國囚犯是光榮。

八

澳洲礦業，聽了不少，看還是第一次。北部比肯斯菲爾德（Beaconsfield）鎮淘過金，開過礦，停了，留下百年舊礦場，闢作博物館，供人憑弔。舊電話、舊機器、舊家具，一一陳列，訴說着一個時代的故事。亦到過西邊仍在採礦的皇后鎮。礦開了過百年，街道落荒，留着歲月，也留住了倉皇。

九

悉尼植物園好看。花開迎春，鬱金香、紫藤最是膩眼。老樹亦多，外型有說不出的奇怪的都有。園內餐廳東西好食，烤盲鰽，不失鮮嫩，焗羊架，羶香肥美。

十

澳洲地方大人少，甚麼也變得大。看到檸檬桉兩人合抱粗壯、蝙蝠大似雁、釣魚翁巨似鴿！

十一

天冷，所到的賓館一律設有火爐。燒的是柴，看着，人未暖，心已暖。

十二

這邊租車，車不查不看，還借一樣，妙哉！

倫敦街頭

倫敦街頭，金禧過後，奧運當前，米字旗掛滿一街，人頭擁擁，一遍熱鬧，蕭條的經濟找不到半點據點。

晚風吹得猛，查林十字（Charing Cross）路旁的楓樹也跟國旗搖晃着，颯颯作響。躑躅街頭，想着 *Mama Mia* 很好看，每次看的感覺也不同。人大了，悲歡離合多了，脆弱了。人間，要歡笑。

康橋綿綿三星期，暖暖六月天，任那時光停留，讓那柔柔化作悠悠，但願人長久。

故事

振蕩不凡

他是上一代人的事，我才半歲，他便死了。

但和他同年離去的畢加索一樣，他其實從未離開過，名字跟日出日落一樣，似是我們這一代人人生戲台背幕一角的固定設式制樣，你無用注視，也無用喜歡，它自會輕輕飄揚，偶爾會捉緊你的眼光，叫你低迴、要你詠唱。

這叫魔力，人稱傳奇。

從戲開始，也由戲結束。這或許才是真正的傳奇。

緣起的那台戲，戲棚搭在衛城道甘棠第。戲是紅娘，撮合台上的一名戲子和台下的一位千金。男的姓李，女的姓何，結成夫婦後，男的就成了有利銀行東主的女婿，也和何東結了親：岳父何甘棠就是何東同母異父的弟弟。

不凡的門第，不凡的伶人，造就了不凡的兒子。

兒子舊金山出生，取名炫金，望振耀金山。那名和遠祖名同，後知祖名要避諱，乃改為意近的鎮藩，後才稍稍修改為振藩。那年一九四〇年。

他離去了剛好五十年，比他的一生還長。

是短短的三十二年，滿載的是喇沙聖芳濟的少年不羈任性的跳舞參賽街頭打架成長後洛杉磯專注不懈練武著書開館授徒。但和梵高一樣，人間未忘的原來只是他臨走前的兩年迸發的萬丈光芒。

稱得上光芒萬丈，大概因為萬古長空也給照亮。

是一種叛逆的眼神、一身肌理分明的身軀背後的執着、一聲吼叫連同拇指一掃鼻邊的輕蔑伴隨而來的一身好武功照出光亮。還有那一枝隨心跳動的雙節棍展露的一身靈巧、那動若脫兔的身手發出的渾身凌厲、那以無限為有限透出的一點深邃令人相信夜空難再光亮。

那謝幕的戲，也來得矚目。在兩年四齣叫好叫座滅東洋西洋威風長中華兒女志氣的電影後，再闖高峯的極限是落在一場未完的《死亡遊戲》，隕落也要來得傳奇。

王家衛說，拍葉問，緣自一次到南美一個偏僻鄉鎮看到街頭擺賣的李小龍像後感受到誰才是中國人的代表的感悟。

歌姬

「……不再煩憂。有人羨慕你，自由自在地流。我願變做你，到處任意遊呀遊……」

她自由了吧……不再需要嘀咕懊惱問假如我是真的吧。

那是悠悠歌聲，在滂沱大雨後的曠野飄揚。

墳，起初找不到，倒要靠歌聲引路，她就是這樣，要認識她，總是歌先開始。

她的墳，多年來聽説人踏進歌便唱，多年來總想去。今趟再訪臺北，終於能尋訪，聽到了，看見了。

墳場佔了半邊山頭，她的墓園在路的盡頭，不大不小。

外邊有一排按下真的會響的巨型鋼琴鍵鋪在地上。但那不起眼，起眼的是那園內等身高的金色雕像。是蛋臉一張，是摺起曲波的連身裙一襲。對，就是她，沒錯了。

黃霑說，她是一個神話，一個在文化上對中國影響很深的圖騰。

其他的我不懂，《甜蜜蜜》我懂。哥哥十多年前那場婚宴，我記得起的不多，但那首歌一播，湊起的滿場囍慶，記得很牢。《甜蜜蜜》也是一齣電影。陳可辛對她的不捨，盡寫在一對戀人不怕歲月輾轉不怕命運作弄的不死目光。

「哮喘病逝清邁……」

那墓誌銘留下的線索自然不多。

那一劫，逃得過的話，她還會是小她一歲的林青霞的姐姐吧。她曾是大美人的情敵，但看《窗外》書裏花都一遊的憶念，她可以寬心吧。秦祥林也大概可少一點疚歉吧。寶島的一代影后歌后，畢竟惺惺相惜，容得下窄窄情路的一點顛簸。

「假如流水換成我，也要淚兒流；假如我是清流水，我也不回頭……」歌聲變得淒切，墳上停下紅葉一片，舉頭一看，原來守護着她的是秋楓的初紅。

芳塚叫筠園，「筠」，普通話正音讀「雲」。一般人讀「均」。藝名索性叫「君」。墳頭寫的還是鄧麗筠。家人還是希望她是一株美麗的竹子吧。

琴語

蔡琴活出味道了。濠江一夜歌聲嬝嬝，以《出塞曲》開場，席慕容筆下那塞外的壯麗，給她唱出一代的風韻；以《恰似你的溫柔》結束，道盡歌女天涯跟情感世界一樣的無奈與希冀。

三十年來，四百多首作品引來千千萬萬有情人的感悟感觸，但感情暗角實在太多，歌聲去不到的，她說話補足。娓娓道來的不單不帶半點苦澀，反而充滿點慧，說自己是耐看，只供遠看愈遠愈好看的美人。

談失意，九十年代是她失落的十年，九二年喪父，九五年失婚，九六年事業陷低潮，她說是入了黑名單。

論年紀，她說老女人最自由。那全是邊說邊笑，是自嘲多於一切。

一夜間，歌手彷彿變成摯友，歌聲幻作心聲，或遲來了，但不知不覺間台上台下在澳門秋涼中的確團了一次圓。

傻女

「錄晒成餅 TDK 90 呀！都係嗰首歌！」

中二那年，校園少女都變成傻女。

「傻女」琴聲揪心，毛衣無言，好戲重演……

深深的愛慕，苦苦的追憶，少男少女傻傻愕愕，聽得如痴如醉。

那年代，消息不靈，靠的是《電視週刊》、《姊妹》雜誌，聞說倪震為追周慧敏辦的《Yes》好像還未出。

說歌手是學生，讀理工，但就是不知名堂是怎闖出來的。又說和經理人拍拖，一切真假難辨。

只知一個傻女，走上跳舞街，遇見 Monica，任那夏日寒風風吹雨打，風流未去，反叛還是根本，墮進愛情陷阱，不是壞女孩又怎挺得過不羈的風……

初中，當時不知，回想才知盡是薰風……

童年過，畢業後，工作上認識了她的父親。與星爸只談公事，私事未敢過問。星蹤星影也一直未聞。

半生過，童年漸行漸遠漸無音。但薰風一吹，舊角色便准許做，某段故事主人便准許快樂地重演……

一天唱片鋪貼出告示，說預售新唱片，認購可憑券到總店見歌手、取簽名。襲來一陣薰風……

不知新唱片有甚麼歌，只知迎風率性便是妥。

取明星簽名還是第一次。少年早過，早已錯過。追，行嗎？台下等時便覺可有可無。人龍長，甚至想過不如離去。但輪到時，童年遙不可及的大明星就在眼前，那張俏臉看得一清二楚。親身現親眼見，很親切。說了一聲「慧嫻，多謝妳。」雖然是她簽名後說的，要真正感謝的可不是一個名字的印記，而是整整一個童年的歡欣。

捕蜂的漢子

那黝黑的手輕輕伸出，靜悄悄撥弄着，那密麻麻、黑壓壓在木箱外張羅的一羣小東西數目便一點一點減少，一些停留在半空，一些不知鑽進哪裏去。

他的臉比他的手更黑，一頭短髮卻沒有隨年紀變白，手忙着，口也不閒，一圈一圈煙就跟半空盤旋的蜜蜂追逐，彼此相互一聚一散。

他是養蜂人，蜜蜂在他魔笛魔咒下搬進新居。

徒手赤臉跟蜂交鋒是瘋了嗎？那跟電視看要帶上面罩手套才行的很不一樣！奇怪的還多的是。

蜂從哪裏來？為甚麼搬家？

「我給了牠們新的家，牠們當然喜歡，要搬進去。」

「我從山上搬牠們回來。」

他是捕蜂者！

「我在山上跑，就會知到牠們在哪裏。說不出究竟，是從老

爹、妹夫身上學的。」

「聽說蜂一切隨后，是不是擒蜂先擒后？」

「對！我在山上跑，就可以發現蜂竇。用煙攻，『蜜升』侍候，蜂后一出來，就關她起來，其他蜂便『跟蜂』一窩蜂進去，數目可過千，『蜜升』布門一關，搬家便開始。」

「蜜升」一定密不透蜂，不單如此，更應該是密不透風，不露半點風聲。

「蜜升」，又稱蜜斗，是小竹籮，捕蜂專用。

捕蜂者放在身後脹鼓鼓的背囊原來就裝進了大中小一式三款層疊在一起的蜜升，每個都套上白布，上尖，密封，下圓，通開，由布袋作口，蜂滿，便封口。

蜂后體大，一看就知，那是從小獲灌蜂王槳所致。但小時蜂后怎定則是迷，連捕蜂者也不清楚。但他知道蜂后可造出來，只要蜂房做大一點，再放蜂蟲下去，便可瞞天過海！

不分真假，蜂后一般三年命，不長，但也不短，一生留守蜂巢。其他的蜂只得享壽九十天，其間得不分晝夜工作，外出的工蜂採蜜，留守的得以翼作扇為花粉風乾提煉成漿。那絕對稱不上是享受，但奇怪的是那忙不停的辛勞，彷彿也展現出一種美態，成為捕蜂者心中的魔笛，指揮着他的靈魂。他邊講，嘴角邊流露出那不可言傳的着迷。頃刻深邃的眼神，隱隱亦透露着遊子知倦還鄉的滿足。

豔陽下，打開蜜升一看，兩隻漏網小蜂走了出來。捕蜂者不慌不張，手指一捻，蜂便捻走。

蜂不螫人嗎？還是有祕方？

捕蜂者指着紅紅浮腫的眼皮，一切盡在不言中。

「慣了，跟蚊子叮一樣！蜂螫可不是全壞，有一次，失枕，蜂無意背上一刺就癒，像針灸！」

寒風中，他叫了一碟炒米、一樽啤酒。午飯已遲來，但熱情絲毫沒有減退。打開裝滿剛採擷連巢的蜜糖的袋子，邊向我們招手，邊娓娓道來他上山下鄉捕蜂的事跡心跡。

「不單是烏蛟騰三椏村這一帶，粉嶺山頭我也去！」

「那麼打偷渡客，警察問你不就行了嗎？」

「他們說：又是你！」

原來，不止一次，行山的人誤以為他是偷渡客報警。有一次，他聯同兩三好友去捕蜂，下大雨沒有帶雨傘，接報後，警察便那樣說。

「懂捕蜂的人不多了，像我亦懂編織蜜升的更是少中又少，我老了過後，怕會失傳！」

他原來是捕蜂的漢子。

賣書翁

「當年日佔時期是怎樣的？」

「這個不說。」

但他還是娓娓道來。

老翁是一個説書人，不是賣書人。

不是古時街頭講故事的那種，而是用一份深情、一種堅毅活出傳奇的一個人。説書無聲，以一生印証。原以為他的傳奇是他個人的經歷，事後才知那是一代人的故事。

傳奇，放在老人身上，應該附帶滄桑。

但風霜卻不在他身上。

大概因為他不怕風霜。

那天，天很冷，下着雨，但他只穿上薄薄外套，看得見內裏亦只得一件毛衣，再看就是一件內衣。他不說，不易想到他已八十一歲了。

他坐在書店外，開着收音機在簷蓬下等待着路過的人往他那邊張望。的確，他只是在等。

他的店叫「松林書局」，外邊看不到招牌，上前亦難以窺見。油漆已剝落，剩下的顏色亦透不過帳蓬的遮擋。

他的書也不是用作招徠。書不是放在書架上，也不是並排而列，而是垂直疊起，繩紮捆成一幢一幢，由地上堆至天花、一樓堆上二樓、店內堆出店外。

他接受過記者訪問，說藏品數萬，地下的書，書目了然於胸；二樓的書，書目筆錄於帳。

牯嶺街也許太冷清，半數的店鋪亦已關上，他的書林大廈遠看亦得以招商。

他熱情健談，說隨便看，要哪本，不論捆在哪一幢，他亦自有方法取出。

細看，他的書原來是分類也分年紮綁，漫漶的書脊或許看不清書名，但串連起來卻道出老翁的心思學養。

「那時日本管臺灣，要臺灣人成為日本人。」

這句話說來不易，他也像是等了很久才有機會說出來似的。

細問之下，才知原來這一等，等了六十八年。

他自小隨父賣書，一賣六十八年，是自日本一九四五年投降撤離臺灣那年開始。

當年牯嶺街鄰近日本權貴的居住地，他們撤離時書便散出，牯嶺街便成書市。但書市二三十年前開始衰落，現在只剩兩三家小店留下。

日本戰敗那年他才十四歲。他懂日語，現在還懂。

「我說得比日本人還要好。」

說畢便一口氣快速說了幾句日語。

查資料才知道他們那一代人讀書時只學日文，不學中文。歷史只講日本史，連姓也要改日本姓。男的更要去當皇軍。

這些當時叫「皇民化運動」，是日本一九三七年侵華後在臺灣強行推動的高壓民族政策，目的是要臺灣人接受成為日本人。政策開始時，老翁才七歲，剛好上小學去學做「日本人」。

日本戰敗後，那一代人很高興能「變回」中國人。但他們當時不懂中文，一下子也難用國語和上學念書的兒孫溝通，有說不出的難受。

賣書容易說書難。

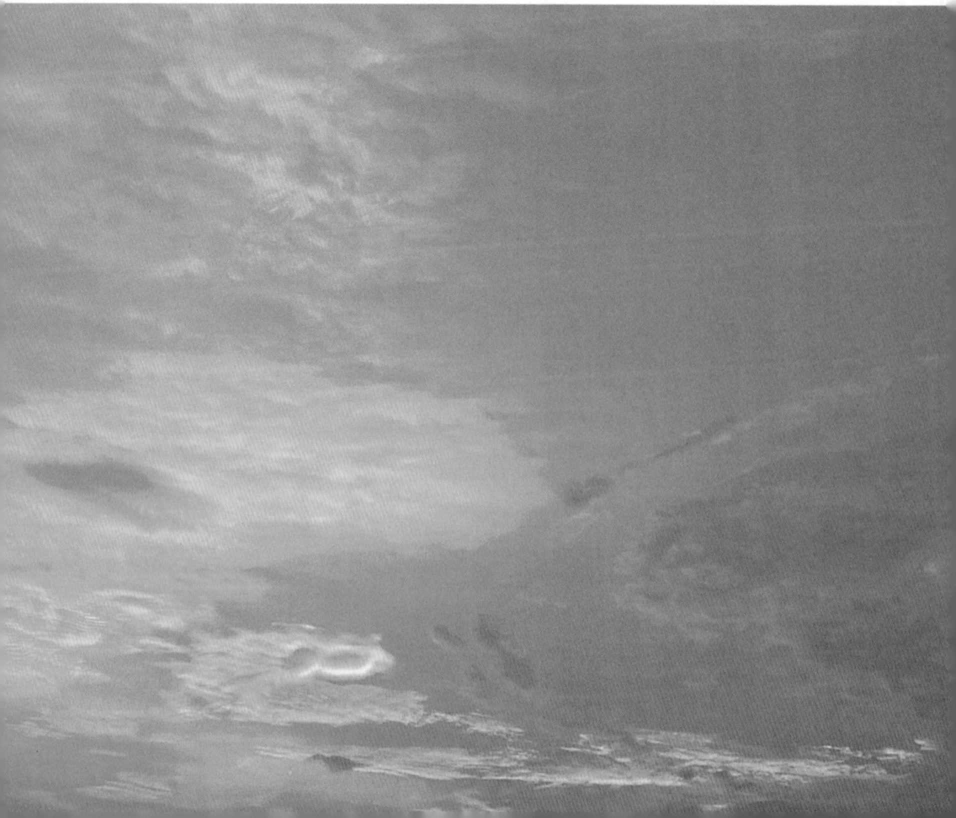

茶暖

老區老街老酒樓，飲茶，仍可以搭枱。四人檯便變成了兩張連在一起的二人檯。

是傭人伴隨着一位戴着一頂碎花布帽的老太太。

市道好，請人難。侍應少，不侍、不應，那傭人自己招呼自己，走出去自己取洗杯洗碗的滾水盅。

回來時，取了兩個，滿臉笑容，沒說甚麼，一個給我們。整頓飯，她就是滿心歡喜的笑嘻嘻，看不到鄉愁，聽不到委屈，聽她說了兩句廣東話，問她，她說她來了才不到兩年。

老太太，本來不喝茶，只要了一壺滾水。後來，看見了我們的茶，問可以要一點嗎。沒說甚麼，給她換了茶。傭人問她：你真的喝嗎？她笑而不答。

她門牙脫了，可阻不了她吃切雞飯的興致。吃完了，她才喝那杯茶。傭人只喝水，茶，她說不懂。

背後，一位中年發福平頭的顧客，走來走去，還未到中午，手便拿着一瓶乾邑。他熟口熟面，不就是深山裏一條村的村長嗎？幹嘛他不回去那荒村為行山人賣山菜、賣風味、賣熱腸？

大概山中人是下山取暖。

書肆書事

一

對雨聽風，閒揭《太白詩集》。康熙宣紙影本，三冊廿五卷，卷軟紙香字醉，也來謄抄幾篇，管它翻風落雨。

二

陶詩本足，更說是蘇字，摩娑半天還未夠……

說兩大文豪千年相隔，蘇筆一揮，陶名並齊。再來千年，新刻舊詩舊書，字大紙厚，愛，不釋手。

三

《玫瑰的故事》寫黃玫瑰四十歲前的幾段情愁。十七歲愛上不願接受她，後來才知是不敢接受她的人，情傷之深要用一段與他人十年的婚姻止血。帶着八歲女兒獨身，隨即遇上新的心上人。好景真的不常，三個月後男的離世。

心未死，遇上年長鰥夫，再嫁，正當投入幸福之際，一直未忘懷的少女時的心上人再次出現，久別重逢只令愛火更熾……

黃玫瑰愛得深愛得痛，未曾放棄，憑的是相信活着為的就是快樂，哪怕跌跌撞撞，碰的只是運氣。

四

是圖書館舊藏書，在北角一條舊街一爿舊書店藏了起來。

薄薄的冊子，因名《旅美小簡》，封面索性就是封藍紅交錯的郵簡，合襯固然，即便過了大半世紀，書衣還光亮、還合時。或許真的未過時，二十篇説是雋永、説是經典。聞説上一代人課堂讀物在裏頭找到出處，重讀會覓得歸處。

五

一片田野間的書屋，藏了封面一片草原的《挪威的森林》絕版舊書。那天黃昏到訪，三月的天空下着雨，也似書中開場時的十一月冷雨。

六

《國境之南太陽之西》看完了。情愛的難，他説透了。一九九二年寫的，他四十三歲。

也找來他第一部小説《聽風的歌》看。也一口氣看完。很喜歡。輕鬆，也沉重。他二十九歲寫的。

這些日子，書是釘子吧，一本一釘，釘住生活。

七

去了神保町書街，幾十家書店雲集，中外新舊一應俱全。

碰上了一套斷版線裝戚本紅樓夢，完了夢，也破了產。

操普通話名叫內山深(Uchiyama Shin)的店東給了一點折頭，閒聊間，得知其伯公（爺爺的哥哥）便是魯迅的摯友內山完造，店名「內山書店」沿襲了當年在上海開而魯迅經常到訪的同名書店。這家神保町店門牌是郭沫若的墨跡。樓梯上，仍掛着魯迅與內山完造的合照。

八

臺北書肆「獵豔」，喜出望外。

是在臺灣大學外的一段羅斯福路上的一爿叫「雅舍」的上樓書店碰見的。

盈掌大小，一套十冊。日本人印的。五十多年了。

是原版的影印本。原書約五百年前寫的，是明朝萬曆年。

神保町的印書人説，日本萬曆本有兩套。兩套書只有一頁的差異，應是一早一晚的版本。這小玩兒是按較早（可能便是初版）的那本縮印發行。

幾個月前碰上的另一套《金瓶梅》，也是萬曆版。那書有一段故事。說是胡適民國初年在山東民間發現高價收回的。之前，國人不知世上有這奇書。書現藏於臺北故宮博物院。我有的是這書按原來大小複印的線裝版，不是盈掌的精緻，但也輕巧美麗。

叫生活悄悄歸來

踩單車，算來也久違了。坐高看遠，風涼樹香，輪胎輕輕顛簸，拋出隱隱的疲憊，叫生活悄悄歸來。

穿入校園，青山青衫，漫山笑臉，彷彿從前再現。直奔下山，走到海旁，衝上雲霄，看到夕陽躲到厚雲裏，人間黃昏變得靜悄。

人潮也配合，未見出現，也不用散去。

耳邊傳來呼呼聲，不是風聲，是青年爭先恐後的輪胎聲，我放慢，恐先奪後，竟也換來幸運星：是過氣青年裝了大唱機的單車傳來的片刻舊情舊聲。

緊握的一雙手

今天天氣很好，帶媽上了一段山崗，是她大病過後最大的運動了。雖然這小森林是在家附近，但也有一點看頭，是著名的看鳥天堂。

慢慢走，慢慢看，很舒服，就像回到從前一切只需憑感覺生活的無憂也無聊的孩童歲月一樣。空氣是冷冷的，但在冬日照耀下，吸進去時只感到清新清涼。

兩旁是老樹，手拖着的媽現在已變為她不愛聽不愛認但也不得不認的一位老人了。

小時，媽很忙，一家也很忙，為討生活，從無家庭日的餘閒。我倆手緊握只會因要過馬路。

媽老了，慢了，歲月反而彷佛走快了一點，是往後走，好像為的是要尋回一些失落的蹤影，好像要拼命討回一點點。討回來後慢慢匍匐着，停留在樹影中隱隱透露着陽光的樹林裏我倆握緊的一雙手。

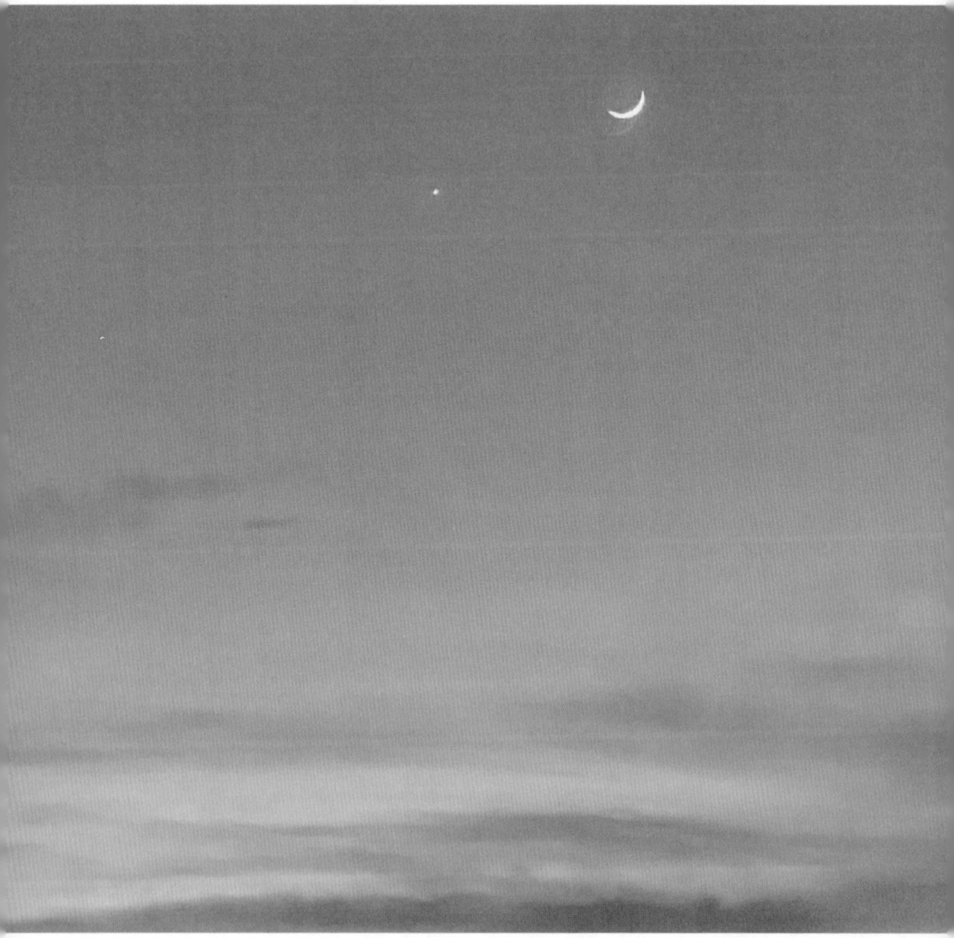

齊物

星星月亮太陽

傳說宇宙無限，聞說人很渺小。

地球其實已很大。毅行者從西貢去屯門去元朗，一百公里要三十個鐘。從香港去北京、上海，高鐵很快，也要十個鐘左右，去南美，坐飛機要二十幾個鐘。

地球還不是盡頭，天上有星星月亮太陽。

紀錄片說，人類第一次去月球，坐那艘叫阿波羅11號的飛船，以比民航客機快五十倍速度飛行，也用了四天。看來嫦娥奔月，抵達的時候，一定很累。

地球在太陽系有七個兄弟姊妹，多數有自己的月亮。土星至少有六個，木星有七十多個。村上春樹IQ84國度裏有兩個不算多、不算怪。

七兄弟姊妹才怪。這天空七怪，一些是石頭，一些是氣球，大的很大，小的很小。最大木星，大過最小的水星二萬倍。大小決定命運，太大，地心吸力會太大，大氣層會變成熔爐，木星便是這樣，看去灰灰黃黃，佈滿一個個漩渦，是高溫風暴無止的盤旋。太小地心吸力便不足，留不住大氣層也抵禦不了無盡隕石的隕落襲擊。這就是水星的命運。

位置也決定命運。離太陽太近，會過熱；離太遠，便過冷。地球一切顯得恰到好處，離太陽不近不遠，排行第三，不冷不熱，也不大不小，一切也變得美麗。左鄰右里，是火星金星，一冷一熱：火星太冷，比冰更冷；金星太熱，比火更熱。人去到，應該會死。

太陽看得見，但很遠，坐飛機要二十年。

太陽很大也很怪，可裝下一百三十萬個地球，是一粒星，但不是石頭，也不是熔岩，是一團氣，一堆火，不停在「呼吸」，噴出的「氣」，到了地球，在北極遇上磁場，天空會出現綠色的美麗。

太陽其實是一個核反應堆，是氫（hydrogen）變氦（helium）核爆遙遙的星際逆旅。火焰那邊日夜揮手，日間陽光直照，夜晚月光折射。光是好的，便有了生命。但想想，生物豈不是核能產品？

太陽也有兄弟姊妹，數目奇多，不止成千上萬，是上千億。

我們的星空，就是這些無數叫恒星的太陽盤旋結據，成碟成河，叫銀河。一個個星座，就是一羣羣太陽系的聚居。

銀河是會旋轉的穹蒼飛碟，中心在人馬座那邊，聞說正中心是一個巨大黑洞。

我們的太陽系位處銀河系郊區。太陽也似地球，會公轉。太陽圍繞銀河系中心走一圈要用上地球的兩億五千萬年。太陽今年四十五億歲，跑了快二十個圈。聞說看了運程，説剛好中年，跑多二三十個圈就會死。太陽跑一圈，叫做一個銀河年（galactic year）或宇宙年（cosmic year）。

銀河系奇大無比，由一端走向另一端，要十萬光年。銀河鐵道999，似乎班次多密也不會足夠。

天外有天。宇宙還有很多個像銀河系的星雲，聞說也上千億個。星際之旅，看來沒有蟲洞是不行的！馬斯克（Elon Musk）也好，貝索斯（Jeff Bezos）也好，布蘭森（Richard Brandson）也好，請幫幫忙，快些找他們出來！

看來宇宙的確浩瀚無邊，但又說宇宙一直膨脹。天際無邊還是有邊？宇宙是空間，空間盡頭是邊界，邊界之外不是空間是甚麼？摸得到看得見的嗎？膨脹，向甚麼地方甚麼東西擴張？那邊會收窄會塌下來嗎？

真的不知天高地厚，杞人只得憂天：人真的很渺小。

我們的故事

大自然是一種野性的呼喚。

萬物紛陳，弱肉的確強食，但彼此又不無安分守己，無情有情難分難解，當中大有學問。

紀錄片說生命元素來自隕石：原來我們是外星人。

來到地球，深海孕育，變成細胞，變成生命，成了魚，上了岸。物競，成了猿，成了猴。天擇，站起來，然後，一切變了。一雙手閒着，甚麼也試，最愛做工具，最愛生火。

如此，狩獵採野果幾百萬年。後來，累了吧，定居了，種田養豬養馬養狗。這樣一晃一萬多年。

八萬年前，聽說離開非洲四處跑，動了腦筋，所到之處所向披靡，聞說殺絕其他人種，也殺絕不少動物，管了地球。

幾千年前，開始寫字，文明開始。

我們的一切本能，好的壞的，大概帶着幾百萬年世世代代祖先與大自然一起生活的烙印。基因記的就是這些吧。

近世，工業革命三百年，網路革命廿年，手機革命十多年，人離開了大自然，人世大變，文明躁動，野性浮現。

回歸大自然，減排固然，尋根也是。

談心

串流節目說的，說穿了「心事」。

心臟不只是一個泵血器官。科學家最近發現原來心臟也有神經細胞，數目八萬，即是心臟有自己的感受，有自己的「心事」。

「心事」向誰傾訴？大腦和心臟原來有條大神經線直通，熱線互通消息，又互相發出指示。究竟是誰指揮誰，誰聽誰，科學家還未搞得清。

但可以肯定的是極度哀傷或受壓力時，心臟會變形，變得狹小。科學家稱之為「心碎症」。說是大腦發出指令，釋出分泌物，要人心碎。

果然，才下眉頭，卻上心頭。

花囈

花，喜愛還在泥上生長的。

看看路邊的野花。蘭花、常山，一丁點藍就明亮。

花一排排，只要是花千樹，便叫人歡喜。櫻花固然，洋紫荊迤邐路旁、紅綿紅噹噹花朵高高在上，遠看近看，也漂亮。

單獨的花樹也可以很壯觀。四月橙色的無憂花、五月雪白的荷樹花，看見會回頭再看。嫵媚的也有，何文田行落旺角路旁那棵藍花楹、美利大廈每年五月花開滿盈的節果決明，還有那年雪梨那公園裏那株紫藤。

不得不提罌粟花。帶罪，聽了抗拒。那年是在劍橋進修時遇上，花有人種於路旁，型似薔薇，紅紅的、薄薄的，剔透脫俗也孤獨。

桔梗相近，多了一份和藹，親切溫暖。

狗仔花，可愛，叫人親近。

睡蓮，原來真的會睡。黃昏去看，每次看，花都未開，以為花壞了。後來早上去看，次次看次次開，才知只是日出而作日入而息。睡蓮，厭睡也嗜睡，真過癮！

牡丹濃烈富貴、玫瑰香豔瑰麗，是中西花皇花后，誰能不愛？

初見

後山那樹林，泓崢蕭瑟，常常去。裏頭那林徑，丘壑盈虛，頻頻闖。多年來，不分四季，一有機會，總愛走進去覓覓尋尋。林無靜樹，溪無停流。春夏秋冬，花草樹木，鳥獸蟲魚，就更是千姿百態。每星期都去一兩次，十多年了，去了幾百次吧。但也不覺厭，每次去，仍覺新鮮。

立秋過處暑近，暑溽未盡，但甘風已滲入林中。清洌空氣，停不住上山微汗，但叫得醒城市目光：清晨山客偏愛說早問好。

楓香大道上山過，濃濃的農村施肥氣息撲鼻而至。一看，原來是昨天遇見的那兩頭野牛躺在草坪上。再看，原來後面還有另外六頭聚在一起，全都躺了下來，全都惺忪睡眼，大大的牛眼竟也說不出是合是開。

一次過遇上這麼多頭野牛是第一次。睡着的牛更是初見。

那羣牛很健壯，毛色不一，但亮澤一致，很好看。是一家人吧。羣居而閒適，這不就是大自然的佈局，生命本來的節奏嗎？會心處不必在遠。想着，心中一陣快慰。也拿起手機，對準鏡頭，留下瞬間的美麗。

前行入了翳然半山的紅路。

紅路百年老樹多，成蔭成林，路直路彎。林徑砂質，輕柔疏水。晴天，綿綿的，雨天，爽朗的。管那山客不絕，任那驟雨連場，平常漫步，輕快走過，總覺舒暢。

但樹林也留人。

留人處留住目光。看，那治痢常山藍花正招手；看，那虎甲蟲綠色鱗光正跳躍；看，那滿身嫣紅的網脈蜻正點水正飛翔，就連灰灰黃黃的癩蛤蟆也橫行無忌山路旁。

但都尋常，留不住切切的迴旋目光。

稀罕的才會稀罕。

這個早上，啄木鳥，見過查看方知不尋常，要稀罕。

先是先聲奪人的「歇歇歇歇」四聲叫嚷。

繼而是一雙一對樹幹跳躍的大模廝樣。

一棵樹到另一棵樹，似飛似跳，似馬騮。魅影幢幢，就是看不到模樣。

頃刻，卻眼前亮相。瞬間倩影，凝神細看，小鴿身型，細頭巨喙，背毛橫紋，通身斑駁。初見，留下深刻印象。

芳蹤傳送，手機用上。芳蹤杳渺，唯有廣角撒網。幸好未遲，還捕獵到一個細小垂直着身軀抓緊樹幹的雀鳥模樣。

初見，初嘗，今日兩樣。

林中漫步

林中漫步，成了規，成了矩，成了生活，晴天、陰天、下雨天也是入林天。

愛那靜穆的溫煦，好那萬象的紛陳。似人間，更勝人間。

不是逃離煩囂，而是深入虎穴，尋源溯本。

樹枯樹榮，花開花落，看的是生命未嘗一刻停下的順應自然。有掙扎，但更多的是因勢利導。各自求存，縱是功利，無意間卻又相濡以沫，林出蔭成。

松濤谿湍、鳥鳴蟲唧，聽的是無時無刻紛亂中的序致。驟聽，嘈雜絮亂，欲辨無從；細聽，品類分明，遠近邐迤，空谷跫音；不聽，一簑煙雨，踽踽獨行，清風徐至。

耳聽為聲，目遇為色；聲入為聽，色悟為明。樹林本是有聲有色，要縱情，要嗜欲，靠的卻是靜心的聰明。花鳥蟲魚不難出現，難的是相遇。放慢的

腳步，留心的駐足，感通的目光，萬物齊一，相遇與許尋回相知。
人世從來紛擾，朝堂只會多事，樹林知曉，只是微笑。

四季頌

春

一

料峭的早上，雲靄靄，透着薄光，微亮。一陣雨散落，蕭蕭打葉，是一陣歡暢。山椒鳥披着霓裳，翩翩躚躚，一紅一黃，對對雙雙，輕輕叫喚，要春寒相讓。

二

任那斜陽隱沒，任那鱗光漸退，掌燈時分，憑那枝頭子規的不如歸去，靠那路旁杜鵑的春光明媚，腳踏車飛馳天際，直掛雲帆，百轉千迴，披靡所向，卻敵不過闌珊處一籠含笑濃香的撥弄。

三

雨幕佔據了黃昏，催促下，夜幕墜了一半下來。也好，目光沒事，只得幫耳朵忙，拍擋拍下錄起雨聲，心領神會，點點滴滴。

四

驚蟄前，雨紛紛，無聲飄，似飛絮，貼在臉，細緻像塵。

鳥啼爭晴，雨霖鈴在十六度。

半空張紅結紫，一抹花姿，紫荊爭妍正好，地上奼紫嫣紅，一襲香豔，杜鵑鬥麗更容。似錦繁花，還靠木棉紅，亦看串柳彤。

春吐露，滿山青翠，嫩芽嬌滴，盈盈春香暗送。

春靜春動，漫天灰濛，迎喜，因春紅。

五

一遍雨後，便來了一山的霧靄。人世的催促停下來了，空氣也凝固了。萬籟俱寂，深深吸一口氣，吸進了清新，也吸進了荒遠的泥土氣息伴着暮色薄光的沁心怡人。

鳥兒歸林，只得幾聲唧唧，大概是怕張揚的不捨，留痕也不想打擾樹丫上幾滴雨水卸下的空靈。柔情似水，遠村那犬吠也知情識趣，輕輕幾聲便作報春。

六

風撩動着窗帘，那帶着暮春淡淡花香晨霧淺淺濕氣的微冷空氣也飄了進來，多愜意舒暢。

外邊煙凝雨泣，如夢如憶，一對落得毛濕羽鬆的麻雀在日本海棠枝頭上梳理身段之餘，也不忙惜春傳情，一隻在另一隻身上上落跳躍，忙過不停。

樹林看去，蒼綠翠綠生得一團團一簇簇，像上了色的雲海迤邐。不是因那盛開着金黃碎花的臺灣相思的話，早已跌進了一抹幽幽的水墨山水。

一派靜謐，只聽到近處紅耳鵯「樂樂趣趣」的羣唱小調及遠山黑領椋鳥的獨奏長曲。

山居，最愛春，最愛早，最愛雨，最愛霧。

七

這春天春意特濃，下了整整一週不眠不休的雨，撒下重重厚厚的霧，幾度乍暖還寒還是不夠，今天要一口氣喚醒萬物。

那一雙草龜，冬眠半年，今天醒了。一雄一雌，一大一小，一先一後，也從樹皮屋裏走出來。不吃不喝的身驅居然沒輕丁點。

我忙不停，急急清洗它們倆專用的水盆，注滿水，放進糧。抱着它們，仔細打量端祥着。看看雙眼目光炯炯依舊；拍拍尾巴伸捲自若照樣。看得高興，才放進水盆。一放下，胃口隨着一次次的張口而回來了。真可愛！

露台那株含笑一下子今天也開了。不起眼的蛋白色花散發着醉人的香。那是像蘋果一樣沁人的清香。鼻怎樣湊前也不夠！

看看天空，看見久違的燕子過客。只得一隻，是探子先鋒？明天會有兩隻嗎？

就連蚊子也在今天回來了。臥在搖椅上看報看鳥。不知不覺睡着了；也不知不覺給蚊子叮醒了。真可惡！

不過，最惱人的還是這夜杜鵑啼鳴的突然重臨。每次「不如歸」三拍啼聲，總愛破曉前響徹半天。本是春心動的纏綿，但聽上去總帶着覓覓的殷切、淡淡的哀怨。難怪古人聞杜鵑便感淒斷，看見鮮紅的一張嘴，淒淒哀鳴便看似泣血。杜鵑花也正盛開，難道不是血染花軀？難怪花鳥亦只得同名。

但回想，春意其實不喜突襲。露台那株紫薇禿了整整一個冬，不就是慢慢長出紫紅的嫩芽嗎？而馬路兩旁的洋紫荊也是悄悄開花。奼紫嫣紅，白白素素，雖然無香，但的確色彩繽紛，不動春色，也撩惹春意。

搬入大埔，四年了。這是第五個春天。看到春意綿綿，也窺得春色無邊。

八

立春後，春瘟，一個多月了，山路人不多，避疫也避了山。

今天，春分剛過日漸長。黃昏，春寒料峭雨紛紛。披着風褸，打着傘，踏着濕軟泥路，漫步翠綠樹林，也上了蓊蓊山崗，遇不上途人，碰不見山客，雀鳥昆蟲無影也無聲。只聽到流水的淙淙、雨聲的濛濛。

六公里路萬步過，剛好天開、雲散、雨停。

夏

一

這夜很靜，只聞蟋蟀聲牽動那遠處此起彼落的一田蛙聲。月光照亮了半邊天。暗的那一半掛着幾點寒星。天低，雲薄，閃爍得像荒野的流螢。

二

嚴夏淘氣，一早醒來，便陰一會晴一會，豆大的雨傾下，間歇也滂沱。那些蝴蝶真厲害，薄薄輕輕的翅膀抵得過那風吹雨打，還在水石榕的樹旁娉婷穿插，是累了眼睛，可也添了生趣。

三

大暑過，溽暑退，秋未至，涼漸滲。人昧不知，蜻蜓漫天奔走相告。樂極忘形，裹了雀腹，膩了眼睛。那彈發的展翅，急墜的飛擒，展現的不單是空中獵殺的俐落，更是無極凌空的凌厲。

四

這邊突然下起雨來，剔透的藍頃刻撤退，給灰濛佔據。雨水長長的一絲一絲從天掛落，千簾萬帳，灑滿一地。萬千點滴，水珠跳躍，彷如織錦，凹凸但細緻。風一吹來，橫斜陣陣，呼呼、隆隆、滴答、淅瀝，如歌似醉。

人恹意，艷陽歇息，但暑未累。

五

這兩天，胖胖的颱風伴着香江的邊緣，天空灰灰。因離得遠遠，藍光仍隱隱叫喚。

但空氣還是遭殃，炙出世紀的火熨。風搖着樹，搖不出清涼，只搖出細汗。

夜幕來幫忙，但壓得住太陽，壓不住地熱的高漲。降溫，還是要靠暴雨一場。

秋

一

歲次重陽，佳節臨近，今天清秋的涼，來得及時，涼得歡暢。

微風甘爽，漫天吹得乾淨，淡淡的藍掛出高高的天。

秋風或許是因初來，吹來只懂輕輕、只得謙讓。只見露台上那含笑輕軟的

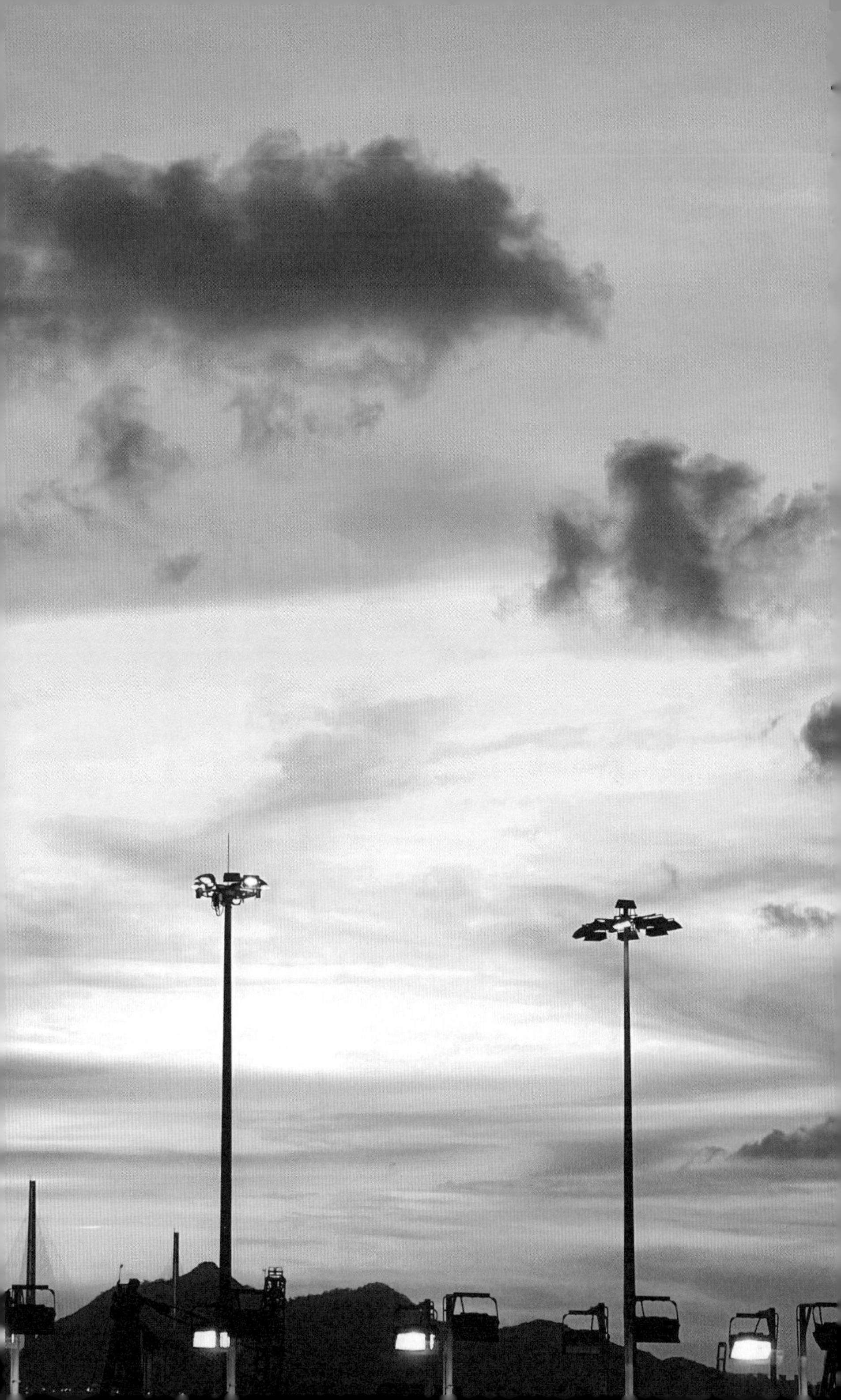

身子飄忽，不見桂花硬朗的葉幹不定。

一隻斑蝶在枝葉間蹁躚，黑白的身影掛着兩點微黃，竟也隨風起舞，幻彩的舞姿和顏色一同飄了進來，竟要輕拍臉龐後才願意離開。是秋的叮嚀？

陽光也配合起來，變得含蓄絢麗，要隔着雲裳輕紗，透着薄光，照出霓虹，教人不再嚮往天上。

回想，昨晚的新月正是特別明亮透光，鈎出霜冷銀河，喚醒千秋寒星，難道不就是預告着今天的歡暢？

二

愛在深秋覓樹香。

山林裏，四季樹香雜沓紛陳，如奏似歌，餘音裊裊，餘韻無窮，最是耐人尋味。但深秋，更是楓香國度。素來只要一角秋紅，萬頃便只得茫然。秋，哪容得下秋香？

但秋，遷了。

遲來，未涼。

卻更加可愛。

春花夏果，再來，便是秋花秋果，便是盈盈暗香，叫秋色不再響亮。

那芬芳，內斂深沉，也馥郁，也清洌，一陣陣，牽引着鼻子，也催促着腳步。尋覓芳蹤，依稀、彷彿，最是撩人。

無風不秋，遲到的秋天，風也不疾。朝日，一炙，樹影一點婆娑，樹枝成舞台，光束在輕輕跳躍。再炙，河牀多了一抹浮動薄光，異鱲羣舞，舞影零亂。秋色總算尚存一點氣息。

一路林風山蔭，人語鳥語。千語千尋話家常，不捨應平常。竟得臨別最是寫意時，當話尋得一襲撲鼻香。

冬

一

冬戀，也痴纏。

今早才驕陽照汗，怎麼午後冷風便吹來？山嵐吐露也一下子將八仙嶺收回仙境去，看去只見一片白茫茫，仙蹤杳杳。

是冬的不捨嗎？

大清早，荔枝山山頭靄靄停雲鋪滿天空，白皚皚，軟綿綿，像下了一場白雪雪竟留在天上。

太陽冉冉升起，陽光柔柔探路，東邊還未翻過西面，停在半空，不為別的，只為清除積雪，張開蓋地的蔚藍毛氈，為人間上色添暖。

以為這場冬，來匆匆，去匆匆。

園內枝頭仍掛着夏天留下的一分青葱，未曾肅殺便要換裝迎春，但催促的春曉，翠綠還是玲瓏嗎？

獼猴也心焦，未及春，上週已闖進來爬上園內的木瓜樹吃那樹頂的嫩葉。還好，斑鳩未曾躁動，悄悄停樹丫，匍匐着，看不見雙腳，一派逍遙，十足梳妝。反正來去匆匆，冬去春來又何干？

鹿山那邊的山林似是最無所適從，等了一個冬未凍，葉掛了一季不墜，聽不到的便是泥路上踏上去的落葉沙沙，看得見的會是嫩芽一枝枝的一一補充。最後，原來早春才爭得半天紅。從山回來，的士司機說，北風又吹。

二

這初冬早上，天色像童年，一片灰濛。童年的確遙遠，卻又從未離開。每遇遠山靄靄，孤村犬吠，烏鳴鳩嗡，一份童年迷濛的回憶總會泛上心頭，一份親切總會叫嘴角輕輕翹起，想着那不用張羅歲月懵懂荒唐過的快樂。山中村翁黃昏偶爾用柴火，炊煙裊裊、柴火味飄飄，荒村記憶的暗香更會不經意襲來。白駒過隙，歲月匆匆無情；憶記有情，濛濛也濃濃。

三

這冬寒，一早到來。冷冷的空氣，一吸，沁心，一呼，抖擻，叫人戀冬愛早要大模廝樣。

開一卷，看得天翻地覆，呷一茶，暖得宜人怡情。

琴聲伴耳，樂韻隨心，靈魂忽倏飄到田園荒野，時空荏苒走回農耕作坊，懵懂發現仙樂只得這處聞。

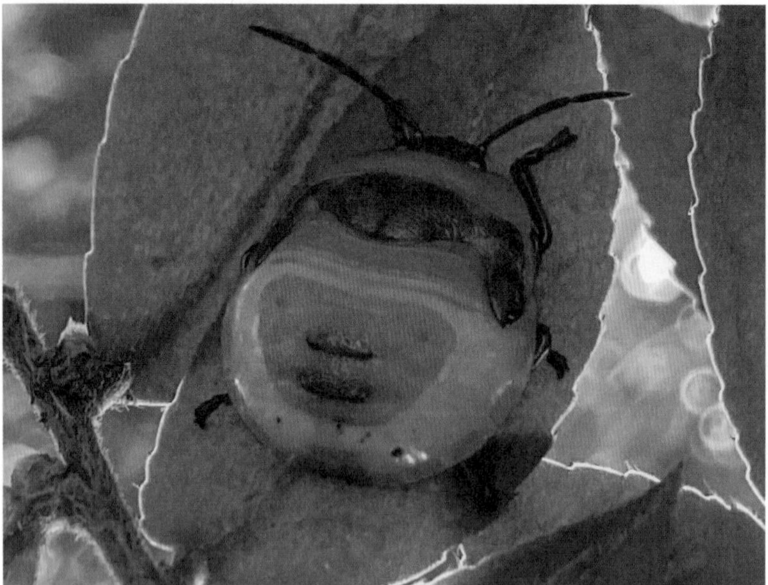

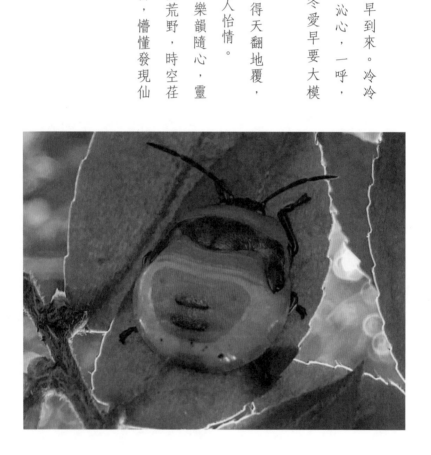

山居野趣

一

一隻叫銀耳相思鳥從露台飛過，撞到了玻璃門，咔一聲暈倒在露台，兩腳朝天，除了尾巴還能稍稍上下擺動外，一動也不能動。

維持了兩分鐘左右，深恐一命嗚呼，深盼回魂再飛。

突然間凌空翻身站了起來，但腳還是站不直，頭仍是垂下，一點氣力都沒有似的。

再過兩分鐘左右，頭開始轉動，由微動變左右擺動。

再過不到一分鐘便尾巴下垂無聲留下一篤。此刻便知生機再現，不用擔心。隨即便唧一聲振翅高飛。

阿彌陀佛！

二

樹林漫步，一隻小鳥靠近。個子麻雀般大，毛色棕黃暗綠。眼圈末稍伸延出一條長長的白線，似畫眉，更勝畫眉。枯樹上停下，四目交投，相互不願離開。相互凝望。此刻，來了一隻大鳥，大三倍，在活潑跳動，不願停下，不敢靠近。毛色相近，但胸口卻多了密密的斑點。小鳥轉身向大鳥靠近，露出還未長出的尾巴：原來是幼鳥，原來是一家。大鳥的眼線更長更青，像《瑯琊榜》裏的秦般若。也是線眼嗎？名字倒差得遠，叫棕頸鈎嘴鶥。

三

齊天大聖一族清晨駕到吃早餐，吱吱喳喳擾人清夢，幾度跳上跳落，鄰居的幾株木瓜果葉便變得空空。

馬騮上樹跳樹很好看。小馬騮尤其趣致。手腳並用，倒掛時手腳對調用，手腳難分不分。

跌跌撞撞，飛越樹頂，毫無畏懼，反而是看的人戰戰兢兢。

倦時，靠近母親，騎在背上，抱緊腋下，逍遙自在。

四

昨天頑猴撒野，才外出一會，靠山那邊的露台回來後竟然遺下令人感到不大不小的遺憾……更恨它形似小雲心愛物！

今早，猴散鼠來，是

松鼠！後山樹林樹葉陣陣顫動，泄露了松鼠軍事行動。兩個靈動身軀在電閃追逐！樹幹上上下衝爬，樹木間凌空飛躍，不凡的身手，猴王莫及！

一天兩雄會否相遇？頑猴會否出橫手，先制空，再向松鼠撥弄……

五

看見隻藍翼蜜蜂。樹林幽幽，樹葉上匍匐着，圓圓的身，連翼看似有五毫銀大。上前看，一雙蟬翼，寶藍色，很好看，冉冉升起，像直升機。身體深色，來不及看個究竟，更未及拍照，便遠走高飛。

回來網上遍尋，終覓得芳蹤。

飛天愛因斯坦

天空剛飛過兩隻大鳥，大如鷹，但拍翼頻頻，那便不是鷹。鷹翼輕輕一拍便會飛便翺翔。

身型肥肥圓圓，又翩若驚鴻，是雁？

終於在遠處樹頂降落，看得見尾巴羽毛橙橙紅紅。

初遇！

急急拿望遠鏡。看到了。

頭大大圓圓，不是鷹，不是雁。無髻，平頭裝，留海長，看來韓風已進場。但嘴尖尖，喙勾勾，想是鸚鵡尋常相！

全身灰色。尾巴的確好看，似天灰濛下的一度夕陽。

歡天喜地，呱呱叫、崩崩跳。再在天空急速盤旋幾趟，還是對對雙雙。芳蹤杳渺，但還好，手機在旁，來得及留影一按。

翻查網頁，原來是鳥中愛因斯坦！

叫非洲灰鸚鵡，說滿肚墨水，字藏八百。嗯……那麼……說髒話，應擅長……

又說，聰敏，似孩童，愛逗人，但也纏身，說話多多，脾氣不妥。

來自非洲，是寵物放生？還是走佬較腳？

說是命長，七十古稀算平常。

灰鸚鵡，這個百年樹林合襯吧，可心安吧，可喚作家吧。

桂花雨

春天來得很急，昨日一天綿綿細雨，露台的桂花便花開滿盈，送來一室清香。那六株桂花是前年搬進來時添置的，算來在露台上吸風飲露已有一年多了。

花進來時不高，等腰，葉可茂盛，花兒有，但不多。然而花香已淡淡，清新滲鼻，殺退當時深秋的肅殺。現在，樹幹長高了，越過了露台欄杆。

養花我還是第一次。聽賣花說的，每天也得澆水，忘了一天，下回得加把勁。這樣問題就來了。原來，補救是沒辦法的。忘了就是忘了，下一次水多了，花兒反而不適應，弄得葉也掉清光，我差點兒以為它們死去了。

桂花香而不豔，花朵小，遠看跟馬櫻丹類似，好像是由一束小小花圍圈而成，但近看馬上會發現每一小花獨自成花，像吊鐘花一樣，花是由軟枝一朵一朵的吊起來。花瓣厚厚的，四片，淚滴型，淡黃，偶爾出現紫紅斑點，花蕊兩點，深黃色。這些特點如果不是用眼盯着，是看不出的。但這也不難，因為它的香自然會吸引鼻子光顧，細看自然可以。

桂花花期長，好像是四季花，但喜歡冷，現在的花已經是冬天接力開過來的，超過兩個月了。花朵最特別是它幾乎在樹上每一個部位都可以出現、生長。桂花是喬木，樹頂固然開花，但在樹枝交駁處也可見，甚至在樹底主幹旁也可發現，這就不平凡了。

桂花一般公園看得見，但不起眼，它葉小幹多，不濃密，不成蔭，葉偶爾會有兩三片無緣無故枯掉，或給蟲吃了邊，不好看。樹高可等身，像在長江公園的。少見的，可比人高一半，在阿里山我看過。

實而不華，是桂花的寫照。它管用不管看，老遠你就可以聞見它，愛上它。嗜甜的會喜歡桂花糕，清雅之士會懂桂花茶。它就是這樣的默默發揮着作用，不吵不嚷、不吐豔、不爭妍、不鬥麗。難怪梅定妒菊應羞，自是花中第一流。

秋穗

原來禾穗放在手，比米飯放進口遠遠來得實在。

上一次走進稻田已是十多年前的事了。那次在香格里拉的高原，那時禾穗還未熟透，身子還是挺直，未為重重的穗串墜彎。當時還未入秋吧。秋，不就是禾遇上火熟了的意思嗎？

春耕夏耘秋收冬藏，四時有序早成過去。都市人，日出日落

亦只是擦身而過。都市時光，早已變得荒唐。霓虹光管，亦早已抹走朝霞晚彩。

田園風光，應該陌生，但為何仍一看便舒心？這份熟稔親切，是原鄉的一種召喚，一份思憶嗎？

車窗外急急往後移離視線的一塊塊金黃稻田，哪怕日暮蒼蒼，還是落在不捨的目光。也想起一百多年前那紅髮荷蘭人在畫布上留下法蘭西麥田至今仍是耀眼的金光。

秋正梳妝

暴雨連場，秋色退讓。
雨霽，微光金黃，探首，和煦明亮。
涼風，怡人輕拂，閉目，沁心舒服。
藍天白雲，不應當尋常。黛綠遠山，層巒疊嶂，要秋光親炙，童話才來。
秋，淺嘗，已叫人歡暢。
秋，得多留，一會，月便圓。中秋正梳妝，最怕天無常。

聖誕雨夜

昨晚下了一夜雨，輕輕的、綿綿的，天也稍稍回暖了一點，挺舒服的。

愛聽雨看雨。雨一下，世界便像一首詩，濛濛漫漫、清清新新，也像童年，蹦蹦跳跳、歡歡笑笑，雨一下，就是脱俗、就是優美。

夜雨，看不見，但更好聽，像宇宙也停了下來，也給掏空似的，只得雨聲，只剩下雨聲。夜半聽雨，也像在靜穆中聽自己心裏的絮語。

冬雨更好聽。冷，感覺凝聚，淅淅瀝瀝、點點滴滴。

3156 2333
HSBC

相聚一刻且陶陶

一

甲：畢業了這麼多年，那次你專程遠道回來講座，開始前，站在走廊，稍稍仰望，眉宇間有點憂戚、鬚腳有點唏嘘，目光凝視着遠方的操場，似乎在回想過去總總甚麼似的。是不是給學弟學妹送上金石良言之前有所感悟？你記得你當時在想什麼嗎？

乙：忘了。或者只是雙眼放光，你遠看看不清而已。

甲：不是呢！你真的在凝望在思索！

乙：呀，實不相瞞，那便應該是我更經常做的：苦苦思索應該思索甚麼。

二

甲：報章說人工智能很可怕，不單止懂作詩唱歌扮尹光孫燕姿，更會看穿心事。

乙：這麼誇張？

甲：聞說，人工智能已經能夠解讀腦電波！做電腦掃描的時候，你是照腦，它是吸腦！吸收腦電波！兼收並蓄，了解心事，指日可待。

乙：好恐怖！那以後做電腦掃描都要好小心，腦袋裏面的祕密不可以外洩！

甲：Exactly，我最怕腦電波長期無電波給它發現！電腦掃描另加影像，一定會照出一堆草，到時就百辭莫辨！

三

甲：恭喜恭喜！你的處女作，上了銷售龍虎榜！

乙：無可能！名不見經傳，又欠宣傳。最弊是滿紙荒唐。

甲：的確是！

乙：的確是什麼？（困厄滴汗狀）

甲：的確是上了榜。我們看過銷售數據，你排名第二！

乙：You must be kidding!（聲調提高八度矯情吃笑狀）

甲：才不是呢！數據鐵證如山，假不了！榜首的賣出六本，你賣出兩本！

乙：**OK**！二打六，明！

足印

童年的天空

校園外牆，和天空一樣，都是白色藍色，很好看。校園是天空之城。

校舍幾層，L型一座，覺得很高很大，自己很小，返學，是返「大學」。

四周郊區，抬頭就是天空，天低，天闊，手舉高，便捉得住天空。

操場那幾株馬尾松，疏疏落落，落葉是一針一針的，褐色的，落下聚起來，一束束、一堆堆，皮鞋踏上去、「白飯魚」踏上去，軟軟的，很舒服。

上落的樓梯，很大很長，小息匆匆忙忙，要幾級幾級一次跳落，落地的拍拍聲，伴隨笑聲，很好聽。

小食部總是排着人龍，可樂、雪條最好賣，脆脆蝦餅、沙嗲魚串最好食。

零用錢用完，便要靠友誼，友誼永固因此未到畢業寫紀念冊已經寫了下來。

體育課的用品室，味道很濃，每次打開，籃球、排球、足球的塑膠味總會撲出。裏頭七彩繽紛，斑斕也斑駁的豆袋木樽呼拉圈色彩奪目。拍拍皮球，踢踢波，六年小學，身高體重就是一年一年慢慢向上。

小食部對開的是禮堂。每週，德智體羣美的訓話就在那裏盛放着芬芳。每年，牆壁會化成一幅一幅的壁畫，貼着學生一幅幅的作品給開放日的來賓細看。哥哥有一幅作品展出過，是一條魚，是用幾十枚壓平了的汽水蓋釘在木板上砌出來的。後來才知，世上沒有更美麗的圖案。

美麗的圖畫，延伸出操場。小學我最愛學校的聖誕聯歡會那美麗的景象。每次，操場都擺滿一個個攤檔，架起一副副遊戲。攤位遊戲，自然要一一勇闖。最難忘的是墨汁夾波子。筷子在墨汁裏夾出波子，只憑觸覺，很好玩。線上乒乓波是另一絕技表演。此線乃線下縫針的實線。雙手拉直兩條線的一邊，另一邊綁柱，兩條線距離手動調校，乒乓球上線，球不下墮而能向前滑至終點就是表演。

聖誕聯歡會最難忘的一次是六年班那次。時年一九八三年，粵語流行曲校園外方興未艾，校園內更是寂寂無聞。當時未有 Walkman，未有 CD，更未有手機串流音樂，校園要聽流行曲，天方夜譚。但校方竟然在聯歡會時用校園廣播系統播出譚詠麟的《小生怕怕》。歌一播，全場歡呼！笑聲歡樂聲尖叫聲，伴隨歌聲「小生小生怕怕囉，哎吔哎吔喲……」四十年過去了，還是歷歷在目。

平常日子，注意力總放在課室向着走廊的玻璃百葉窗。窗，撥下開，撥上關。開，看着老師來，課室會突然肅靜；關，待老師離去，課室會復常喧鬧。一開一關，中英數社自健就不知不覺過了一關又一關。

但回想，未過的是背誦這一關。少不更事，當時未知過目不忘的特異功能童年一過便會消失。原來書到用時方恨少是宇宙真相，也是元宇宙內的真相。小學那些年若能不問究竟，集中精力狼吞虎嚥啃下四書五經、史記漢書、唐詩宋詞、金庸倪匡、亦舒瓊瑤，今日的天空又可會一樣？外文若能進駐珍•奧斯汀、狄更斯，天空又可會變得更加絢麗奔放？

同學，愛喧鬧，天王級我最愛，黃肇勳、韓力勇、廖健麟、黃榮啟、許勁翔更是我偶像，聰明義氣，正直善良。童年歡樂，因他們，從課堂到小息，從走廊到操場，晴天、雨天、功課天，天天在旁。

童年的小學，跟小學的童年一樣，天空一片蔚藍，澄徹深邃，很寬很美，人在裏頭心靈無拘無束、無憂無慮，很自在、很快樂。這自在、這快樂，知命之年回想，驚覺是人生況味的理想。謹以此文，藉元朗官立小學百廿周年誌慶，向母校致以最衷心的感謝，也祝願各位學弟學妹亦能在元小度過快樂的童年，留下美麗的回憶。

回憶飄着薄荷味

回憶，總是飄着薄荷味。

中學，回想，是告別童年迎上青年的金光歲月，也是懵懂接上晦澀的迷濛歲月，加起來是旁人提着要珍惜，自己卻總是莫名所以的青春歲月。

或許金光的確燦爛，或許迷濛的確惱人，或許青春的確匆匆，但置身其中，未知所以，只知天天目眩，終日茫然，考試一到只感徨然，成績一派只得愀然。

一切的改變由上課時間表開始。

一週不再是週一到週五加週六、週日。突然，日曆月曆陽曆陰曆不管用、不夠用了，多了 Day 1 至 Day 6 的校曆。每天上學前要查校曆，按圖索驥執書包，對了應分，錯了過分，賞罰從那天開始便變得分外分明：只罰不賞。入世從此漸深。

變，還多的是。

課本除了中文、中史，全是英文。未有互聯網，求知，就是翻字典。課本字典同步，頁頁揭、字字查，寫下記下，學問的累積，靠的是勞作手工藝，不依鍵盤一按、不靠熒幕一觸。未有智能手機，記憶未外判，即時翻查，靠的是人腦，不是百度、谷歌。記，也得記牢，不然只得懊惱。求學不是求分數，但未有分數，學問難成意難興。

中英數社自健，是童年在小學的體現。當時的 "I like flying kites"，又或一句 "Peter and Mary go swimming together. How nice!" 已叫人惘然。外文果然外來，令人悵然。植樹法（又名燈柱法）令數學難明，令人肅然。

殊不知，一上中學，那些才知是小兒科。世史老師第一課一說就是一個追得上中華古文明而舉世知名的名字，叫 Mesopotamia（美索不達米亞）。地理老師亦檢視全球地貌，隆重介紹了 geyser（間歇泉）這泥漿噴泉的奧祕。這些生字，聽不清，讀不上，字典那時不發聲，拼音未學，查也徒然。老師讀了一次後不是漸行漸遠漸無音，便是幾乎每次都創新。兩河文明，地球的深奧，令人嚐到學海無涯的滋味。

但課本外走廊上還是飄着薄荷淡淡的芬芳。

勤有功，戲亦有益。

戲，課堂內外都有都要。

中二的綜合科學和中三分成的生物、化學、物理是綜合的快樂。Bunsen Burner（本生燈）給玩火正名；劏牛眼、剁蝸牛的惡行是生物科學；放大鏡用來燒報紙、辣㸑小息偷睡同窗是物理……

課堂外，亦要戲，亦有益。但業廣惟勤，先要勤，先有功，才是一代宗師。

那時漫天吹遍的是桌球、壁球、保齡球的薰風。不是網，不是line，很健康，但家長老師出於關愛總得表達切切的關懷。而打機方興未艾，快樂只得任天堂，未有Play Station，也未見wii。要樂易，上癮難。百般武藝在青春無敵精力無限下兼顧不難。要顧的依舊是父母的督促、老師的勸誡。

行樂一如求學，看了自己，還得看天地、看眾生。

家長老師放行，不過是因自己的身體力行。品學難優未兼，學業成績就算人家不過問，自己也總要過問，學生是身份，也是責任。求學是名正言順，也是理所當然。交出一點成績是最起碼的交代。況且，天道酬勤，最是眷顧年輕人。今日過目不忘，只須意志集中，他日過目即忘，只因不再青春。年少的快樂最難忘，行樂須及春，但要任攜，

先得多予，玩樂，放行，便輕易輕鬆。

說到底，玩物雖可益智，但「書到用時方恨少」這句話還是真。今天還背得出的詩詞歌賦、美文典句，十之八九都是中學時生吞活剝牢記下來的。當時只是求分數，沒想過會畢生受用。當年，若看了《三國》、《水滸》、《西遊》、《紅樓》，若親炙了金庸、倪匡、亦舒、瓊瑤、若涉獵過珍●奧斯汀、狄更斯，今日的天空又會是怎樣？

領略了萬物有時、事事有因，青春的青葱，便不再匆匆、不再惱人。歲月，他日回想，是悠悠，依依戀戀的會是迷濛晦澀下飄至的一片薄荷葉。

童年禮物

是送禮。

是童年給家人摯友的第一份禮物。

紅紅的心，一對。覺得穿在家姐剛穿了耳環孔的耳珠上一定很好看。價錢忘記了，在元朗哪店買，也忘記了，只記得一次街角那玫瑰紅在陽光下閃出珠光寶氣的凌厲。

初中，零用錢遇上塑膠仿製寶石，童心看不出粗糙，只看見家姐戴上後笑臉的寶貴。如今回想，看見的是送禮人滿心歡喜的安慰。

還是中學，會考後當了第一次的暑期工，去了學校旁邊的體育館餐廳當侍應。餐廳高級，客人叫菜廣東話，經理堅持侍應落單要英文。初初未懂，唯有先中後英，靠雙語餐牌照應。翻譯不只我呢！廚房也不時要看餐牌解讀英文解困。格調這東西真磨人。

工作得了一生第一次的月薪，換來了用作兒子給母親第一份禮物的一隻手錶。那時梅豔芳火車站電視廣告天天說只在乎曾經擁有，留在母親手腕上的便是那鐵達時的天長地久。

母親怕父親不高興，叮囑父親也要有。遵命下父親便也有了天長地久。

再回想，人生第一次給好友的禮物是一幀黑白孩童照片。

是小六升中一各散東西。孩童怕相忘，相憶無憑，惟靠當年自己也覺珍貴的舊照。幾十年過去了，兩人真的天各一方，從未再遇。他家住吉慶圍那古老圍牆角樓旁。未知那一張坐在借來的大玩具車內面向鏡頭的相還會放在那看得見角樓的窗旁案頭嗎？

可樂一支

「喺到飲定拎走？」

「仲有按樽咩？」

「有。喺到飲六蚊，拎走七蚊。」

大埔舊墟舊街留住了一爿舊士多。士多留住舊裝汽水。冷氣不可靠，汽水留住了一櫃的冷水，往裏頭浸。

久違了。

那時，按樽兩毫。

小息一到定會到小賣部排隊買一枝大可樂。五毫的零用錢，一飲而盡。裏頭總是黑漆漆，樽蓋當年只得銀底紅字，一枝枝、一排排浸在放滿水的長方雪櫃裏，頸項伸出水面。櫃是橫放不豎立，不高，那時伸手可及頂方的趟門。那門不銹鋼銀色，用力一拉便開。汽水一到手，給了錢，樽頸得伸入裝在貼滿可口可樂標記櫃旁的開瓶器上。向下一按，樽蓋往下一跌，會跌進地上的鐵製方盒，跟其他樽蓋碰起來，會發出沉沉的一聲嗡響。

那時飲汽水久不久就會有獎送。中獎當然靠運氣，但當年更靠的是蓋掩。蓋掩，圓形軟膠一片，一面印有字樣圖案，那面，掩在樽蓋底裏。

有獎的時候，瓶一開，身會隨樽蓋下落的方向速度一起往下去，手更會以更快的速度往四方盒去尋。蓋找出了，得快快用指頭粘出蓋掩，看看字樣圖案。中了獎，一樽汽水就真的可口也可樂了。

那是一般人的做法。

我嘛……嘻嘻！樽未開便知中了獎沒有。更正確地應該是說不中獎樽不開。

那是一個小小的祕密：我看得穿蓋掩！字樣圖案會透出影，我看背影、反影！汽水未開，樽提得高高的，透着光，那字樣圖案便透出來，隱隱的、背着、反着。

獎有甚麼，現在也記不清，只記得贈飲不少，像搖搖的小玩具也有。我最愛贈飲，一枝駁一枝，長飲長有。

學校人多，經常偷看蓋掩碍人，不行。但在村口士多看便可以。姓李的士多老闆也通融，隨我看，久不久也想偷師，但總參透不來。

有獎無獎，樽一開，會冒煙，會出氣。透明飲筒總愛一放放兩枝，一口氣可以灌下大半枝，那暢快，填滿着一個又一個小息，也填滿着童年一年又一年的時光。

人大了，可能嫌太甜，可樂不喝了。然而可樂，一支，縱沒了，但原來就夠了，回味，足一生。

物戀勿戀

小時候，家附近小路兩旁的田野看去是一片綠油油，騎在單車上急速駛過，影像模糊，不多不少的田舍農莊在化開的墨綠、深綠、淺綠、嫩綠當中，也變得明晦不一；而耳伴蟲鳴鳥叫，清脆之間，滲進風聲的呼呼。路過人不知，到了中途站，歇下來，稍稍回想，才頓覺路過人要知。

知，靠的是物，依的是戀。

那是一枚郵票，是兩個紅色老鼠頭的造型，但看上去更似兩個並列的心形。它靜靜地安放在哥哥兩本郵政票簿其中的一本，是橙色還是榻紅色那本，我忘記了，只記得它身邊還有牛、狗、蛇、老虎等幾枚其他的生肖郵票。那一套十二枚的郵票，哥哥未齊，記得他說過，那枚羊的特別矜貴，難尋，未有。

尋羊，一紀，用了三十年。

那旺角新舊夾雜的街上，一幢五六十年代的商廈掛着好旺角招牌在晃旮一角招商，看見的人不多，走進的更少。是舊式商場行列着舊式商舖，也是老人賣着老貨，錢鈔、郵票、古玩，林林總總，卻也錯亂迷糊，沒帶着目標，恐怕也容易迷亂、無從迷戀。

再看，又見那花圈包裹着的皇室成員成婚拜堂，童年出現了童話，憑藉的就是這幾枚郵票內的一份幸福。

現今夢破人已去，但不怕，童年消逝，童話更顯珍貴。

再看，油畫似的郵票內的海馬在另一角落像活的一樣高貴，多了的是色彩繽紛，像要印記着人初進那公園的快慰。

哥哥郵票不多，也非珍品，但同款的今日重溫，每一枚也珍貴。

還記得，哥哥不愛留在是農場的家中，有空總愛偷偷到墟市會友溜達。而我當時是「保皇黨」，總站在父母一邊，愛向媽告發，總喜歡要他回來時要帶一些好玩的東西給我，常會威脅說不然就會撕毀他的郵票。他每次都不就範，而我每次都會抽起他的一兩枚郵票收起來假裝撕毀了。他每次都會打我。我每次都會哭。哭哭啼啼、哭哭鬧鬧，童年就這樣不知不覺地過。

曹雪芹憑一塊石頭回到童年，聽說一去至少十年，百年過後，年近不惑的普魯斯特（Proust）因一塊餅乾也回到童年，也一去十年。

物戀，勿戀……

未若柳絮因風起

萬物氤氳，從來形色，每向靜中覷。

木棉飄飄，初雪渺渺，也靜，但總覺未若柳絮因風起。

小學每年初夏，校園外球場旁那排英雄樹總會變得紅噹噹。再過幾星期，會跌下涼茶渣裏見過像羽毛球一樣大一樣趣緻一隻隻一朵朵的花朵，熱鬧非常。地上見的是豔紅，涼茶裏的是啡褐，總覺得很趣怪。再過幾星期，木棉飄雪，人會去追。路上，堆紅便換上白棉堆。棉花球裏有時還留著種籽。風一吹，棉花又四散，蹦蹦跳跳，看着也似音樂。

人生初雪，記得是那年 Ann Arbor 培訓過後要返回香港前的一天遇上，是牛津路一早起來時看見。小雪輕飄，微微散落，如夢如幻。雪花停落指尖，六角形，晶瑩剔透。原來真的似花，一瓣瓣，一支支，工整伸出，微微橫生，很好看。原來是舊時相識！童年聖誕咭那幾朵精緻雪花不就是那樣的嗎？

那次甫出機場，京城的人間四月天，天藍藍、風飄飄，氣祥和。這些年來，旅遊公幹，不時往返京城，風沙未遇，那次倒先來一趟紛紛柳絮飄滿天。遙想當年，第一次旅行也是去北京，但到步還未及那次的高興。

飄絮乍看似飄雪。細看，才知飄絮若絲，纏纏綿綿，更輕柔更好看。禁宮前、紅牆外，柳絮纏着柳枝，一束束、一點點，欲斷難斷，難捨難離，紅白綠色澤氤氳，風吹無聲，遙聽童年追看電視劇哼着主題曲的歌聲……

風中柳絲舒懶腰，幾點絮飛飄呀飄。

碟戀

熟悉的歌，熟悉的CD，不熟悉的版本。

那是一九八四年，剛上中學。

當年用Walkman，卡式帶是恩物。

一直不知，原來當年CD在香港已面世，是剛剛面世。

聞說《霧之戀》是香港歌星出新碟的第一張CD，頭版與卡式帶黑膠幾乎是同步發行。聽說只得五百張，西德造。

據說，母帶在嘉利大廈大火燒了。唱片公司一度要回購這批唱片複製日後的唱片。

聲線音質人家說因是母帶初用，製成的產品最接近原聲，較甜、較圓、層次較分明，接近黑膠。我耳朵不靈，聽不出，光在意是歷史的起步、歷史的記號。

如膠似漆

初嚐黑膠碟，箇中尚未能完全領會，但覺像手工藝作坊，要工夫要專注。先是有封套的膠碟像時間錦囊一樣封存了那個時代的一份印記。膠封一解封，裏面封套如新的色彩便糾纏着發黃的卡紙，叫人悅目、叫人歡暢。

而膠碟又自有薄薄輕輕的碟衣套着護着，拉出，膠碟發出黑漆漆似青春黑髮般的明亮，配上的竟是像標記着滄桑的年輪似的坑圈。那歌詞單張亦總是發黃，為的是要烘托出海報裏歌手肖像的繽紛色彩？

種種的乾坤令大大的封套封面看上去，照得出自己整整的一張臉龐，也照出半生的浮光。一張舊唱片，藏的遠比鐫刻下來的音符音韻多。唱片未放在唱盤上旋轉，看着熟悉藝人封面上早已流逝的青蔥，童年故人舊事的絲絲記憶早已盤旋結據，叫人非來一次時空之旅不可，彷彿是要回到從前的長街窄巷看那裏留下償了與未償的心願才願償似的。

巴士

64K 大埔去元朗、元朗去大埔單層巴士模型剛出，剛碰上。模型一式兩款，終站一輛寫大埔火車站，一輛寫元朗。

不是巴士迷，是不同日子不同店鋪無意遇上，後來才發現兩輛車證書編號出奇地相似：433、455，另紙盒編號更是相連：KLE16009、KLE16010。

中學整整六年經常坐那款車，但車很噪，不喜歡。現在知道車款叫 Viking，回想，也合襯，終日咆哮的引擎不正像維京人的蠻橫粗野嗎？那車波棍很長，在司機位左方的引擎旁伸出，機件粗糙，當年司機手動不來的話，便會動粗用腳！

當年一直不知道、不在意，也不在乎車的來源、來歷、來頭，只知儘管有別的路線，別的車款往同一方向，車先到便先上，雙層的、單層的、新的、舊的，不管不理。

唯一在意的是座位位置。放學回家的路，下車的站是中途站，不是總站，下車要按鐘。

初中，個子很小，四呎半不足（成績表記錄了中一身高131cm、中二身高137cm）。那時，鐘只掛天空，高不可攀，只有在尾輪上方的座位站起來時才能觸碰到。鐘，膠質，暗紅圓型，平平扁扁，要很用力按才有反應，鐘聲也喑啞，不明不確，怕自己聽得到司機也聽不到。

總站上車，容易有位，容易高攀，但也非必然，同班一位女同學個子比我更小，車程較我遠，更需要那關愛座。每次高座佔領不成，按鐘便要找「高人」代勞。

一九八四年十一歲上中學，開始坐巴士。一九九〇年十七歲去沙田寄宿讀書，週末回家偶爾會坐那一路巴士。畢業後第二年二十二歲到大埔工作，久不久亦會跳上那巴士。三十歲過後搬入大埔居住，到林村行山亦會搭那巴士。元朗大埔、大埔元朗，這條線，來來回回這麼多年不知走了多少遍，車內車外、車廂內內外外也在變，但總是相連。

車全名叫亞比安 55 型 (Albion Viking EVK 55CL)，一九七六年引入，一九九二年退役。打開紙盒，膠盒外密封了膠紙。猶豫了片刻，決定不打開。就讓記憶封存，叫它不要走、不要漏。

八十年代

一

碰上一九八五年的玩具，叫挑戰者。一九八六年，挑戰者升空時爆炸。一九八七年，陳慧嫻唱：「穿梭機都分分鐘會爆親人。」

每次遇上穿梭機玩具，總能穿梭來回童年往昔與現今世代，對照無憂的靜默與喧鬧的繽紛，叫人看出歲月流逝的色彩。

二

模型那天遇上，編號89。車是中四那年第一次見。那天還未通車，在測試，車駛入鬧市大街，我在吃中午飯。吃甚麼忘了，但記得餐廳的名字。奇遇，時間、地點無心也變成烙印。

新簇簇的車廂，全金屬的製作，龐然巨物到來無聲無息地，就像外太空機械人到訪一樣，看得我目定口呆，認定那就是一副高達。

那天，曾輕問店員有沒有編號 88 的。記得輕鐵試車是為那年一九八八年八月八號通車作準備，但因人車未適應，碰撞太多，押後了。

三

《愛的根源》、《幻影》、《霧之戀》，那一趟台上三首連續一唱，沒想到當年只道是尋常，往後竟是永恆的輝煌。今日仍叫人低迴輕唱，要哼出童年望着20寸電視熒光幕興奮時的叫嚷，是因那帶着一點荷蘭人血統花樣年華的好看，亦是因那人紅聲未紅，伴隨着半點生澀、半分靦腆的躊躇思量，更是因那不稱身當時卻叫時尚現今已成經典影像的服飾的大模廝樣……

舊音樂頒獎典禮重看很好看。

四

昨晚開始重看無線長劇《黃金十年》，劇中人劇中景劇中物重溫，幕幕印象揭開童年……

那劇，佔據了中三那年秋天每一個晚上，劇情早忘了，未忘的是那鍾愛的感覺。

《曾經》、《癡心的廢墟》每次一聽，都會想起自己是自那劇開始深深喜歡這兩首歌。

當年沒有留意也不在乎，原來曲是譚詠麟自己作的。多好聽。

歌是放在《牆上的肖像》那隻碟。那是一九八七年春天。

如日中天由八四年春天《霧之戀》開始，那時他已三十四歲，比起才二十多歲的對手，春天說是遲來，但一來便不走。

八八年，又是春天，他說，獎他不再要了。這話的片段，放進了博物館。

八四到八八，歲月流金，四年的歌，一隻隻的CD，西德的、日本的、南韓的，說是最好的，今天再放入唱機，碟順序、曲順序，似卡式帶，不挑不跳，重溫初中到高中，不減不滅。

老字典

書店的一角那天闢作展銷攤檔，上千本的新書舊書雜亂堆放，十元一本。碰上遺忘已久的一部小字典。

銀色綠色的封面一看似曾相識，再看無比親切。

是初中吧！

那時剛上中學，課程課本突變，教科書除了中文中史外全是英文編寫。

課本和字典從此便同步一頁一頁翻。

老師說，英文字典生字詞彙最好是用英文解釋。

當時覺得很為難，不知老師是否故意戲弄。

看得懂用英文寫的解釋，自然已懂得很多英文生字用語。哪還用查字典？

目不識丁的困境，是靠翻這本袖珍英漢辭典一步一步走出去的。

重遇，一路走過來的腳印依然可見。

仁翠苑

回到元朗，街仍是熟悉，店仍是親切，碰上舊唱片，見到熟悉的封面。

那是剛上中學，在安寧路仁翠苑的同學家裏碰見的。那時《Beat It》家喻户曉，《Billy Jean》舞步人人在學。看到了，才知唱片封面原來是這樣，一個黑人，一隻小虎。當時想，他家裏有這唱片，多氣派。

他父母教書，說兩人各自有自己房間。聽了，才知夫婦相處可以這樣，一户兩伙、一家兩庭。

那亦是第一次看到私家高樓單位的模樣，暗暗、小小、多間隔，貼了牆紙，鋪了地板，有西洋雕像座枱鐘擺設，設小小的吧枱，整齊雅致。住樓原來是這樣。

人生少艾，多好，一切也驚歎，一切也留痕。

童年印記

一

符合，緣自虎符。兵符，以虎為型，一分為二，右在君，左在將。未得君王授右符，持左符駐兵地方的將領便未「符合」調兵規定，不得調兵。

這虎符，從兒時開始便在教課書中見到。今次有幸臺北一睹真身，震撼莫名。

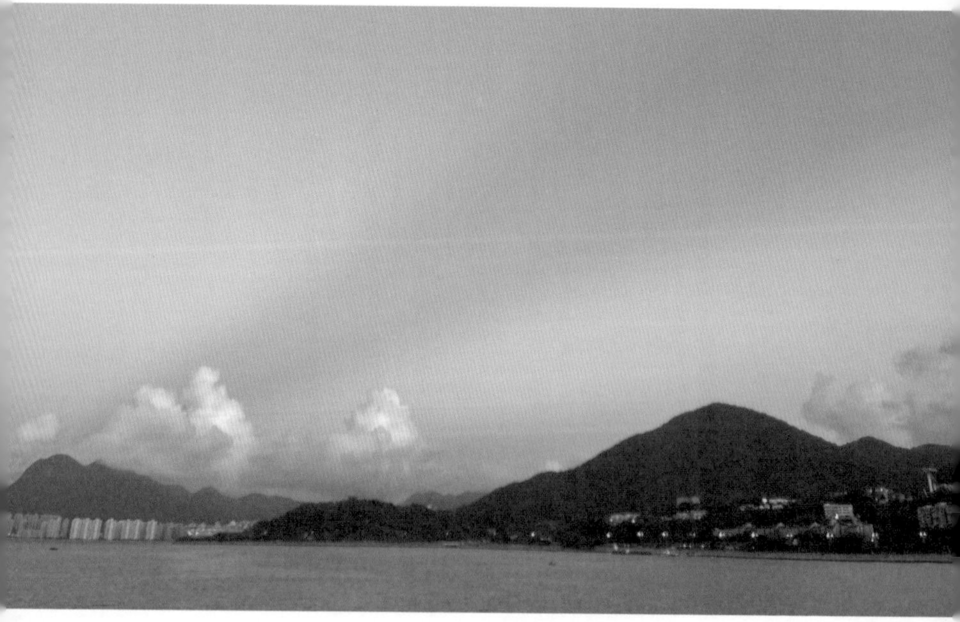

原來已二千多歲了，是目前發現最古老的虎符，為始皇帝的曾祖父惠王所用。電視劇《羋月傳》中方中信演的那位嬴駟便是他。是一代明君調兵遣將的軍令。

二

倭人、奴國，日本二千年前，人、國，名字就是這樣。《漢書》記西漢的事記了下來。

漢朝天威播遠，倭奴國進貢，光武帝皇恩浩蕩，洛陽接見使者，特賜印綬一枚。《後漢書》記東漢的事記了下來。

印綬一直湮沒人間，史書記下的無從稽考。二百多年前，福岡一個小島的農夫甚兵衛於田中無意中掘獲，金質蛇紐，刻「漢倭奴國王」五字，世人千年興歎至今未停，而日人則奉為一級國寶。

教科書輕輕提過，老師略略說過，今天福岡認認真真看到了。印是封函用的印章，綬是穿掛印章的吊繩。

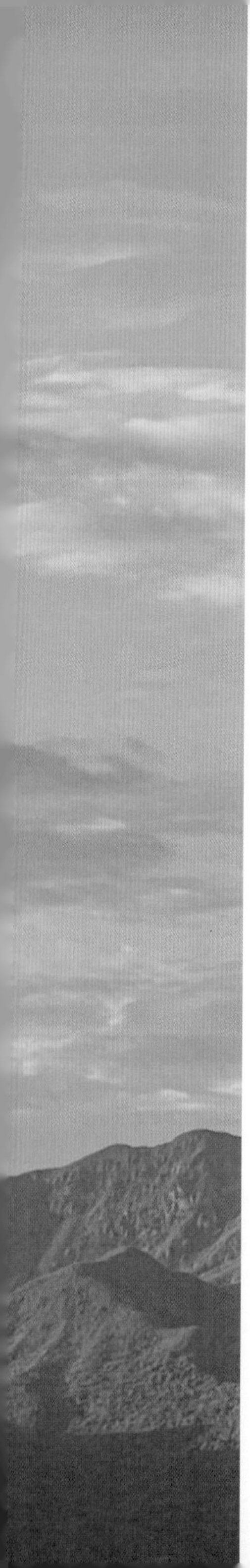

故園

這天午後的陽光，出奇柔和。藍天、白雲、青山、綠樹、碧水，給一星期的雷雨淋灌刷洗過後，本已瀲灩空奇，給那金光一熨，更是如畫似酒，看了，會迷、會醉。

故園重遊，荷花池，依樣映出青春光亮；落羽松，照舊招來切切回望。書影下，馬路旁，背囊背着今天過往、當日未來。仲夏，夜未央，也會涼，獨那歲月不見荒。

一打鉛筆

一盒鉛筆，三菱牌，紙盒沒有絲毫破損，外頭印着的飛機像是真的在飛。盒打開，十二支鉛筆更是光亮如新，散發木香。

這是一家老文具店的存貨。看店老婆婆精神矍鑠，一頭白髮在薄薄的一件湖水綠外套相映下煞是好看。放鉛筆的櫃，也放一支支的小墨棒，櫃

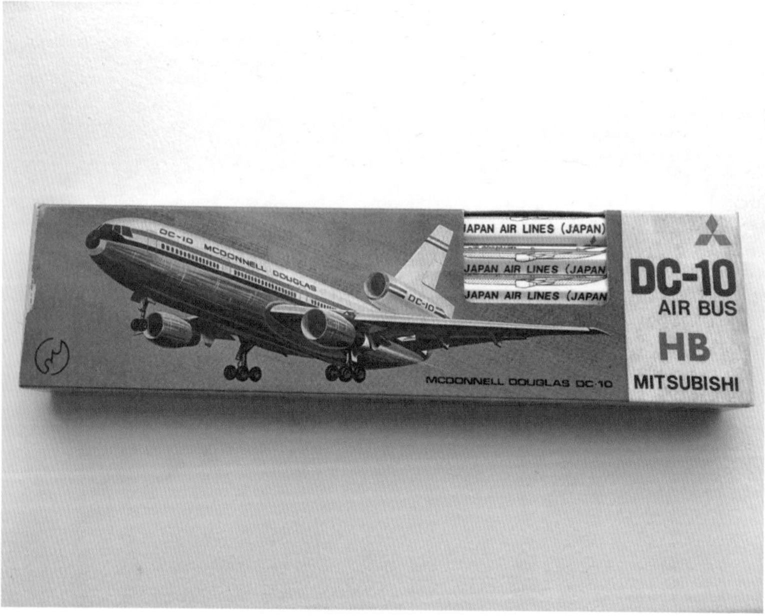

門是玻璃手趟的舊式樣。打開後，她示意可隨便看，隨便選，然後轉身便安然返回櫃位。

每一盒我也仔細端詳，盒面的圖畫圖案要一一思量，拼對年年歲歲留下的憶絮是否一樣。似曾相識燕歸來，暖暖的煎熬，流年似水，輕輕熬着、淡淡熬過。

選定了。她依四十六年前印在盒面的價錢收三百六十日元，折算港幣二十五元。

走出街外，初秋黃昏的金澤老區灑滿金光。看不到武士、碰不上藝伎，但東茶屋街還是好看。

星稀足印

一路走過來的歲月，縱有烙印，卸下的總要更多。過往變得依稀，也正常不過。

腳步稍稍放慢，偶然一次聽到故人消息，迷濛的歲月，一下子便重臨，但還得朦朧。一次重溫，就像對着發黃的舊照素描，也得添上淡彩，教人凝神細看，彷彿在追蹤着舊日留下哪怕只是星稀的足印。

一句「幾十年沒見」就打通了幾十年，也尋回小學懵懂的年代、中學晦澀的青葱。一輛 54、又或是 76K、77K 巴士忽倏出現，也忽倏離開。從坳頭從元朗走向八鄉，右邊那村莊清晰可見，裏邊一户人家的一名孩童正忙着招呼到來的一班同學。時光是在卡樂 B 薯條珍珍薯片、可樂百事、維他陽光檸檬茶的消耗比拼下度過。

歲月匆匆，一經接通，變得悠悠。漫不經心，原來可以分外上心。

隨想

樓紅夢

《紅樓夢》，我未看完。

勇闖幾回，還是敗退而回。

記得最勇的一次是攻入60回附近，可惜半途又折返。

奇書，是三代得康熙眷顧的包衣家族的一名落泊文豪在乾隆盛世對瑰麗的中華文明精粹的一次情深策展。

浩瀚，無邊。

細緻，像塵。

一沙一世界，一回一宇宙。

書實在精彩，我看的是戚本，單是看古字、看書法已熱鬧非常。

布局的宏大、劇情的迴旋、角色的糾結、曲筆的厲害、真假的難分，更要細心思量。

問題便來了。

繁忙都市、手機世代，潛心閱讀，談何容易。

潛進大觀園就更難。還未找出迴廊，便得返回喧鬧的現世，落得怡紅院一瞥剩下的一遍荒涼。

書未看完，更有指書未完，那麼紅樓何夢可夢？

別的暫可不提，不得不提的是第一回。

那回很深刻，道盡尋尋覓覓到頭來不過是好便是了了便是好的底蘊。

一切單刀直入，提綱挈領，擎出巨傘，佈下天幕，之後的故事不過是一番推演，説明所以。

先是作者以第三身現身，道明世身，説的是昔錦衣紈袴、飫甘饜肥，今茅椽蓬牖、瓦竈繩床。半生潦倒，一事無成。但成書，披閱十載、增刪五次，總算敷演出一段故事。

是女子的故事，全是作者所遇見過而行止見識皆出於自己的人。

說因經過一番夢幻，真事便隱去。書中的名言訇然出現：真亦假時假亦真，無為有處有還無。

一切緣自女媧煉石補青天。

煉石地點：大荒山無稽崖。荒唐的山，無稽的崖。

補天完成，石用剩一塊，掉在青埂峯。

石墮落情根！

但石還是自力更生，鍛煉成材，通了靈性。一日到了太虛幻境警幻仙子之處，留在赤霞宮，當上神仙的侍者。之後常在西方靈河岸上行走，遇上三生石畔的絳珠仙草。仙草嬌娜可愛，侍者甘露灌溉。仙草修成女體，因受雨露之惠，決定若一日侍者下凡，定必跟隨，要將下世一生眼淚還他，以報灌溉之恩。

石頭後得茫茫大士、渺渺真人一僧一道幫助，幻形入世，去了隆盛昌明之邦、詩禮簪纓之族、花柳繁華之地、溫柔富貴之鄉。

歷盡離合悲歡炎涼世態之後，石頭回到大荒山無稽崖青埂峯。

石頭滿身字，訴說着經歷的一切。

字，由途經青峺峯的空空道人抄錄成傳。抄畢，因空見色，由色生情，傳情入色，自色悟空，空空道人易名情僧，改石頭記為《情僧錄》，又稱《風月寶鑑》，另題《金陵十二釵》。

早期小說的一個手抄版本指《紅樓夢》也是書的另一個名字。但這句說話在其後所有版本刪除了。書中「紅樓夢」有出現，但不過是歌名，在第五回，指太虛幻境的仙女們演唱的十二支散曲的總名。《石頭記》完成後約50年的乾隆五十六年(1791年)，120回的《石頭記》才以《紅樓夢》之名刊印。

之前的手抄本現存好幾個版本，最多的得80回。有學者指過後的40回文氣迴異，情節亦有不通之處，不似曹雪芹所寫，張愛玲、亦舒、蔣勳表示認同。但林語堂白先勇反對，白明確指出紅樓夢全書120回顯然都是同一作者曹雪芹寫的，後40回一如《紅樓夢》序言中所言，是多年民間蒐集回來的，高鶚只是稍作編輯修訂。當中文風的改變，純粹因為家道中落劇情的轉折所使然。而家道中落帶來的哀痛，後40回寫得刻骨銘心，非曹雪芹本人不能道出。情節偶有前後有所相悖，因小說繁浩，不足為奇。

曹雪芹普遍被認為是曹寅的孫。曹寅的母親孫氏是康熙奶媽。曹寅亦因而成為康熙兒時的玩伴、近身跑腿。《紅樓夢》講的就是曹寅子孫家道中落後的覺悟。

清室蓄漢人戰俘作家奴，叫包衣，為皇帝私人奴僕，可當官，更可到地方代皇室管絲織、平糧價、報天氣、當鹽吏、充耳目，不隸屬官僚系統、不為法律約束，直接向皇帝報告。

曹寅祖父在清入關前為明朝官兵。戰敗被俘後編入八旗，子孫成了包衣。康熙命曹寅父親曹璽為江寧織造，職位日後曹寅繼承，正職是皇室裁縫，兼任两淮巡鹽御史，日常更充當康熙耳目，經常直接提交報告，亦奉旨編《全唐詩》。襟兄姐夫亦為蘇杭織造。康熙六次南巡，四度駐驊曹府。有指府邸即為榮國府的場景，而書中寶玉家姐元妃回娘家省親一幕，寫的其實是皇上駕到的場面。

曹寅在宮中辦事期間，陪康熙讀書耍樂之餘，亦認識了時為相國權臣納蘭明珠兒子清一代詞人納蘭容若。有指賈寶玉寫的就是納蘭容若。據説乾隆看了《紅樓夢》之後說了一句「此明珠家事也」。亦有指《紅樓夢》就是納蘭容若寫的，曹雪芹只是他的筆名。

書中指，石上書云，故事開始的地點是姑蘇閶門城城外的十里街。街內有個仁清（人情）巷，巷內有個葫蘆（糊塗）廟。廟旁住了一名落泊書生叫甄士（真事）隱。

一日士隱入夢，夢裏一僧一道在商討如何將石帶進紅塵經歷一番。他們知道這將勾出不少風流冤家，決定去世上度脱幾個。未幾便與警幻仙子將石頭交割清楚。

一下子烈日炎炎芭蕉冉冉，士隱夢醒。

後來，士隱三歲女兒失蹤、家居失火，投靠岳父，寄人籬下。一日聽見一跛足道人念《好了歌》，道盡人世功名富貴身前身名戀慕盼切的虛妄。

士隱一聽，當下徹悟，唱和：

「陋室空堂，當年笏滿床，衰草枯楊，曾為歌舞場。蛛絲兒結滿雕樑，綠紗今又糊在蓬窗上。説什麼脂正濃，粉正香，如何兩鬢又成霜？昨日黃土隴頭送白骨，今宵紅燈帳底臥鴛鴦。金滿箱，銀滿箱，展眼乞丐人皆謗。正歎他人命不長，那知自己歸來喪！訓有方，保不定日後作強梁。擇膏粱，誰承望流落在煙花巷！因嫌紗帽小，致使鎖枷槓；昨憐破襖寒，今嫌紫蟒長：亂烘烘你方唱罷我登場，反認他鄉是故鄉。甚荒唐，到頭來都是為他人作嫁衣裳！」

唱罷便跟道人飄飄而去。

紅樓用語，唐宋已出現，泛指富家女子的住房。唐白居易《秦中吟》：「紅樓富家女，金縷繡羅襦」。宋王庭珪《點絳唇》：「花外紅樓，當時青鬢顏如玉」。

紅樓也指瓊樓玉宇。宋史達祖《雙雙燕》：「紅樓歸晚，看足柳昏花暝」。清洪昇《長生殿》：「人散曲終紅樓靜，半墻殘月搖花影」。

佛日增輝

花樣年華

如歌的電影，似夢的情懷，二十多年過去了，戲也看過不下一次，但下筆總覺不易。

鏡頭如煙似花，只令映畫如畫。場景霉舊斑駁，只叫色彩奪目。人語飛絮無蹤，只歎樂韻掛肚牽腸。

大概人到中年，腳步總會稍稍放慢，往昔迷濛歲月便易趕上，溢出童年憶念，但只得片段，只許朦朧。戀昔，撩人也惱人，是輕輕暖暖的煎熬，就像對着發黃的舊照素描，迷濛也得添上色彩，教人凝神細看，彷彿追蹤着舊日留下哪怕只得星稀的足印。

這大概只是凡塵的辦法。

大導自有妙法。

憶記是畫面、是顏色、是聲音、是舉止、是味道、是場面。

憶記的重現，是感覺、是情懷。

童年再現，人物再演，場景再見，腦海重現，捉不住，筆墨記下，難感染。

要感覺盡顯，情懷再纏，眾生要的是一部撩人的camera直接捕捉或隔着玻璃窺探的或長或短或清或朦的鏡頭、一個個昏黃昏暗但也色彩繽紛的場面、一條窄巷一道樓梯一個暖壺的對倒對碰、一個電飯煲一個手袋一條領帶牽動出的背叛哀愁、一幢唐樓一梯兩伙兩房東一廣東一上海兩對租客一姓陳一姓周的守望守候侷促齷齪、一枱通宵麻雀一雙刺繡拖鞋的落荒落寞、一個房號一條長廊一張船飛的悱惻纏綿、一首接一首動人的東方西方北方南方北美南美的配樂。

當然，少不了的是一襲又一襲大花大紋豔俗也豔麗的長領旗袍。

但最需要的還是一個深情的導演、一對花樣的演員。

導演說，電影，他是邊放音樂邊拍的，覺得音樂節奏才是攝人的利器，攝得住攝影機，也攝得住演員，殺退彼此的距離，難怪電影如歌，不絕如縷。

的確，電影如歌，仙樂飄飄，彷彿已散落人世間每一個角落，亦已滲進凡塵裏人心深處。深情下，電影的每一個鏡頭，串連起來是一齣戲，看過，畫面腦海會不時浮現，但劇情的晦澀苦澀會忘卻，記得的只會是美麗豔麗的影像，留下的是一份若隱若現的感覺，一種欲說還休的情懷。導演說過，電影重塑的年代，他當時年紀很小，個子很小，看東西，望出去，總得向上望。電影鏡頭視角有時偏低，為的是要回到從前再看一遍？

電影各個鏡頭獨立起來的話，則是一張張明信片、一幅幅海報，彷彿各自有着自己的故事，可以逐一把玩、逐一鑑賞。這麼多年來，電影刪去的畫面片段亦陸陸續續公開，一幅幅一幕幕沒有故事的場面就成為主角，一次又一次在電影外在電影院外延續着電影的傳奇。自己也不時因書櫃裏客廳旁放着的明信片專輯、簽了導演演員簽名的海報而駐足細看墮進傳奇。

電影本身也放進了不少音樂，是大導童年妙韻的重播，《Aquellos Ojos Verdes》（那雙綠色的眼睛）、《Quizas Quizas Quizas》（也許也許也許）、《Te Quiero Dijiste》（你說你愛我）那幾首南美音樂就更是大導童年時母親的最愛。

《花樣年華》，說的是時代，說的是情懷，但凡人看的可能更是張曼玉梁朝偉年華花樣的好看。記得年前電影公司三十周年電影 4K 戲院重映，如花的臉龐，果真敵得過 IMAX 高清大熒幕的較量，竟是越大越好看。

三十年就是一代人。四十出頭的導演，在九十年代末，想念三十年前六十年代的童年，那時，時興對上三十年的三十年代歌曲，一首金嗓子的《花樣的年華》，伴隨着同期荷里活影星歌手 Frances Langford 的一首《I am in the mood for love》，重塑了一名大導的童年，更創造了一代的畫面。

早陣子，報章說享譽電影界的雜誌《Sight and Sound》（聲與影）十年一次為人世間一切所有電影排名二〇二二年結果有了，《花樣年華》登上第五位。

凌晨舊戲

報章說，《無間道》二十週年，誌慶，電影，戲院4K高清再次上映。

二十年了嗎？

翻查紀錄，當時是二〇〇二年十二月十二日公映。啊，的確二十年了。自己看這齣戲也就是那個日子了。

那段時期，看電影喜歡上映第一天去看，覺得電影自己挑選，好壞自己判斷，免受輿論影響，很好很強。

二十年過去了，當日戲院內的影像早已模糊，電影裏的情節亦已依稀，但仍記得很牢的是無比的震撼戲院出來後仍久久不散。當時，更在一點激動下，即時致電友人相告，叮囑非看不可。友人原來在遠方，在新疆那邊公幹。那時長途電話要收費。哪管？還是說的興奮，聽的雀躍。

之後，記得電影曾經重溫，但印象不深。

昨晚再看，感覺竟煥然一新。

故事，早已成為民間傳奇，無人不曉，荷李活更有大導改編成的奧斯卡最佳電影，日本也有改編電視劇，內地早前亦有改編串流連續劇，就連無間道三

個字早已不再是電影名稱這麼簡單：無間道就是比卧底更臥底比二五仔更二五仔的稱號。

那麼新意何來？

大概今趟重溫在寒冬、在除夕、在子夜，夜闌人靜手機關，氣氛濃，人易集中，重溫易明易懂，燈影聲光變作魅影幽蘭，攝人也動人。

幽靜中看到「對對傷傷」，原來人間正道，還是滄桑。

是劉以鬯的對倒？還是張愛玲的對照？大概是加起來吧。無論如何，那對耀目主角劇情裏雖不知是否兩敗，但肯定是俱傷。

臥底兩名，身份對置，角色對峙，智謀對決，命運對賭，電影雖説路是自己選的，但看畢便知其實全不由人。

身份，一邊差人裝作黑幫，一邊黑幫潛入警隊。想回頭，但無路。

角色，一邊「壞事」好人做，一邊「好事」壞人幹。身份復原，角色對換，可盼不可期。

智謀，一邊網絡手機，一邊摩斯手指。鬥智鬥力，對碰對決，一死一傷，大概因生不如死，生的比死的更傷。

命運，一邊天天嗟怨三年三年又三年，難受卻也認命服從，身份自己認同，不覺遭命運戲弄。一邊深潛警察部，正邪一直遊走，角色一直留守，場面冷靜面對，命運沉着應對，悶聲哼一句也沒有，但內心身份未定，正邪交替，順滑也掙扎，戲始戲終也説着煎熬是由始至終，由學堂到天台，從未撲空。

傷，差人傷，壞人也傷。一對主角，對倒對照，一對一傷，對對傷傷。

無間，説是地獄中的煉獄，折磨無間。死去的差人，十年臥底，十年無間，命苦，卻也浩氣長存，長埋浩園。留下的壞人，害了人，殺了人，好人當不成，壞人壞不透，十年煎熬更無間。電影有續集，裏頭，壞人仍舊無間煎熬。

兩名男主角都是自己童年成長印記，早早已是一個康熙一個韋小寶，早早已是對照對倒，早早已無間，早早已合作無間。

今早醒來，想起幾年前有緣有幸碰見電影當年上映時戲院走廊貼過叫lobby cards的宣傳小海報，一套七張帶了回家，珍品自當珍藏。翻看翻查，兩雄天台對決一幕，對峙取景現場原來是熟識的北角政府合署。

壯志凌雲

向來喜歡《壯志凌雲》，喜歡這名字，喜歡裏面的戲。英文名《Top Gun》也很有型，也喜歡。

愛裏面的青春狂傲，愛裏面的勇往直前，愛裏面的振翅高飛。

喜歡那戰鬥機機師的啡色皮風褸，喜歡靚佬 Tom 騎着電單車和剛起飛的戰鬥機比拼的豪情，更喜歡那首就連聽了也會喘不過氣來的電影主題曲。音樂、畫面，結合就是青春的任性、就是女教官住所門外男學員闖過去的那輛 Kawasaki 電單車、就是門內禁不住的繾綣纏綿。

童年不懂戰機，看過電影，以為戰機就只得裏頭 F-14 的模樣。今次看，知道已到了 F-35，但還是覺得舊時的才好看。

三十六年過去，男星快「登陸」，變的當然是當年的一臉稚氣，但變的更多變了出來的是眼角流露的沉鬱思量。畢竟壯志凌雲的真正歸宿是完成任務後的平安歸來。

重慶森林

天灰灰冷冷，沒勁，慵懶。再看王家衛，再進他的森林，為生機再來覓覓尋尋。

戲是一九九四年。林青霞四十，快息影，要嫁人。我二十一，才啟業，愁煞人。

快二十年。那時，燈畫裏，地鐵未有幕門，名未改。街上打電話還得靠便利店的一元方便。留言，家中磁帶用完便只得懇請傳呼台小姐代言。而景點，一條半山電梯便佔盡畫面。

世代一紀，才知變。

但那時，那座森林，無用等《花樣年華》、《一代宗師》，已星光熠熠，一派銷魂。俊俏臉孔，很好看。花樣年華，易看待。

林青霞戲裏販毒、開槍、殺人，大概為的是還森林一份原始的安分。金髮墨鏡乾濕大褸，她一直狂奔，不理冷巷窄弄的暗燈。對話對罵國語英語廣東話夾雜，美人瘋姿瘋言瘋語配合的是大廈住客的暗昏。無根、無心，也無痕，但應有恨。停下來，人才遇上愛。淡，但也留言留愛。

森林也自由奔放。青春，在裏頭懂偷偷獨自狂歡。放縱未放任，看得歡心。王菲那時正是夢中人，才剛剛告別王靖雯。紅才欲滴，一片清新。那羞澀、那悸動、那痴戀、那不恭、那怕痛，全部譜在一曲《加州狂夢》。

王家衛過了三十，大概未老應怕老，青春最感消逝，時間抓不住，怕過期，眼見只得罐頭限期。也好，找來年方三十的梁朝偉。花樣年華，一身制服，一套內衣，走出森林，完了他一個青春夢。

煙輕雲重

那名著，名字很響亮。

讀它，算來是年代久遠的事了。但可能因當年手機未流行、智能手機未出現，也沒有電子書，看一本書 、看那本書，很實在，也心無旁騖，很專注。

那陣子就是頁頁揭、字字看，不敢跳讀、未懂快讀，生字不少，命題更多，青澀的年歲看艱澀的思辯，似懂非懂，書頁留下不少記號、劃上更多的問號。少不更事，眉批竟用上原子筆，紅藍綠黑色都用上了，也見少許鉛筆筆痕，書糟蹋了，放浪也放任。

那天，新聞說，他走了。往後，中外評價，各地回顧，鋪天蓋地。原來，人，從來未去了解過。書，懂嗎？

書是那年舊書店遇上的。當時去了加州當交換生，校園是小鎮，鎮的小街留住了一家小書店。

書封面很漂亮。現在看，還是很喜歡。是一名躺下的女子戴上一頂黑色圓頂硬帽（bowler hat），而帽上有一對由大明星飾演纏綿著的男女影像。對，是電影畫面用作書本封面。底色黑色紫色，像舞台佈幕，似存在的落寞。

亂世佳人，說情愛的輕？論時代的重？人只活一趟，生命是輕於鴻毛還是重於泰山？輕重如何定斷？孰可忍孰不可忍？

作了判斷，有了答案，又如何？人浮於事，輕重由人嗎？昨憐破襖寒，今嫌紫蟒長。說甚麼脂正濃，粉正香！如何兩鬢又成霜？

90年代初的校園，同學朋輩眉宇間往往會不經意流露出的就是那書名引發的一點惶惑、半點哀愁。

現在多年後回看、再看，Tomas的任性、Sabina的率性、Tereza的傾心、Franz的純真，我都憐惜。大時代他們未有過多的迷失，人生抉擇他們沒有過份的徬徨。個性的牽扯、進退的計量，情理之內意料之外交雜。但我更在意的是他們義無反顧下的落落大方。不昧因果前行的勇氣，難啊！人，太聰明了，無畏無懼，難啊！臨終可以帶着微笑，恐怕只有那頭叫 Karenin 的混種大犬才輕易做得到。七章成書探究造物弄人的人生況味的小說，不大不小、不厚不薄，終章以她的微笑（Karenin's Smile）作題，大師的苦心孤詣，不輕也不重。

按：米蘭昆德拉（Milan Kundera）53 歲完成的《生命中不能承受之輕》（Unbearable Lightness of Being）1984 年出版。小說改編為由 Daniel Day-Lewis 、Juliette Binoche 主演的電影 1988 年上映。

大隻佬

劉德華張柏芝的《大隻佬》事隔多年，昨夜舊戲重溫，覺得要認真。看懂了嗎？看懂了吧。

展肌肉，說因果。

前世今生，今生來世，三世因果，早成日常用語，但真的明白嗎？

前世因今生果。前世虐狗，今生命喪警犬；前世受恩甲蟲，今生報恩教師；前世暗算師兄，今生慘遭仇殺；前世是嗜殺日本憲兵，今生是屍首異處女警。

隔世恩仇隔世報，因果可公道？

大隻佬說，公道。如是因如是果吧。因果，佛只着意一件事：當下種的因。女警李鳳儀的死本來是日本憲兵惡業的果，但李坦然面對，更希望死得有

意義，死立即成為善因，間接開渡了大隻佬，免卻他要殺人作業，斷了惡業惡報的因果循環。

因果是命定的嗎？大隻佬還是了因和尚時誤殺了一隻雀。了因對着雀屍，樹下修煉七日七夜後看見因果，覺得因果是命定，無可改變，普渡眾生是辦不到的，和尚也便做不下去，於是毅然脫下架裟，赤條條還俗再入紅塵，玩世不恭，一身肌肉，一臉俏皮。

那日本憲兵作的惡業太深，李鳳儀劫數難逃。遇害後，首級掛樹，大隻佬發現後，悲憤交雜，要報仇殺兇手孫果之念便湧上心頭，是對是錯內心激烈掙扎，苦苦拷問，最終在雲崗石窟巨大佛像前頓悟，放下屠刀，不昧因果，還俗山野，脫下肌肉，擺渡孫果，再披架裟，擔口煙，輕輕鬆鬆，劇終。

萬般帶不走，唯有業隨身。

如何是好？

了因，了卻業因；孫果，孫，取順意，順應業果。

人，面對因果，尚好，還是一念天堂，一念地獄，不完全是不由自主。

阿彌陀佛。

人生，苦海無邊。佛，慈悲為懷，導人向善，普渡眾生。

今天因，明日果。

這大概是佛陀對每個人應如何看待自己人生的囑咐。為善積德，福有攸歸。

一生一世，警示還是不夠。

人的所作所為還會用一生去總結考核，不要以為一生完結就找完數，還有輪迴。

善有善報，惡有惡報，若然未報，時辰未到。這坊間「民謠」原來說的不光是現世的損益表，更是三世總賬。「業」績如何計量，何時結算，何時公「報」，事前無從預計，事後無從得知，壞人今生惡業，報應未必今生現。好人今生行善，善果可能要來世才償。好人無好報，可能是上世惡因滯後的結算，好報要留待來生。原來佛說的果，現世現的叫現果，來世現的叫來果，之後現的才叫後果。

因果可以是一種慰藉，但弄不好，也可以是一種困惑。不昧因果便是了：

不要被因果的功利計算反遭因果戲弄。反正三世因果，事事的因緣關係，誰也弄不清。三世亦是滾動計算，前世是再之前的來世，來世是再之後的前世，因果關係網，想弄好弄清，想想就會放棄。

只管誠心行善便是了。

遇有災禍，也不必深究太多。今生想不起前世，前世業卻今生受，當不幸便算了，還得化消極為積極，轉惡果為善因，要善果再嚐。

果然，《大隻佬》很大隻。

巨人相遇

一口氣看完余秋雨新一輯四冊的《文化苦旅》。事隔廿載，再一次的千年興歎，文風文采亮麗依然，令人驚喜的是今次對中華文明的觀照反省來得沉實穩健。看罷，掩卷沉思、興歎良久。

他這趟苦旅，其實不苦，由古而今，中華文明文化在他筆下浚疏得脈絡分明，跌宕起伏，是悠久綿綿，但也生機活潑。看了是暢快開朗，多於沉鬱苦澀。

說李白杜甫的相遇，清風送爽，令人嚮往。兩人風華正茂，李白四十出頭，名振天下，小他十一歲的杜甫遇上，仰慕不已，最終能把臂同遊，幸甚之餘，日後更成莫逆之交，惺惺相惜。雖未能重逢，但能詩文往還，應無憾，也叫千年後世百代子孫高興不已。

類似的巨人相知相遇再數便要上溯一千年，地點仍是中原一帶，是距離李杜相遇地不遠的洛陽。那時那地是周朝首都，李耳當時當地任職柱下史（相當於現在的國家檔案館館長），遇上了老遠從山東曲阜前來拜會的孔子。據說兩聖談得不太愉快，但這次驚天動地的會晤若與中華文明失之交臂，儒道兩家或許未可各自擇善固執，延綿兩千年，而炎黃子孫的臉孔亦或許會變得不一樣。

看着看着，不禁想到人類歷程的另一邊，在離開孔老相遇二千年，李杜相知一千年後，在維也納也出現過令人心動的一幕：貝多芬與莫扎特會面。兩人見面的記載留下得更少，但單單是一刻精神的交會，已令人心醉。

眷戀

"Sights and thoughts of youth pursue me." 這是董橋引述寫《化身博士》（*The Strange Case of Dr. Jekyll and Mr. Hyde*）的作家 Robert Stevenson 的一句話。

《紅樓夢》、《追憶逝水年華》又何嘗不是……

但願人長久，又怕了解不夠。

中年過後，這感覺尤深。

中年，說的就是距離終點的中點。

但人過四十，又何止過了中點。

生命不是數字，中間一點就謂中間點。

童年、青年，青春無敵，事事新鮮，次次記起，人輕鬆快活、生猛活潑。

十歲離開渾沌，到四十歲，三十年，歲月匆匆，但鷹擊長空，暢快淋漓。

四十後，瞻前顧後多，易不勝負荷。

智慧填補，如何？也不過就是摸着石頭過河。

又說行百里者半九十。人生下半場，用力才多。五十還不知天命最為過，晚節不保更不妥。

踽踽獨行，誰不借助青春光芒哪怕已黯淡的餘輝來挺直胸膛？年華花樣、歲月荒唐，譜下的童年妙韻，一生眷戀，也一生眷顧。

稱心歲月

一

「塵世寡情，托庇艱辛，平日裏最好悄悄做人，悄悄做夢，悄悄作息，悄悄消受美好的寧靜，這樣上天也許把你忘了，許你僥倖留在人間照料心愛的人心愛的事……」

沏茶喫茶，看董橋《夜望》，淡淡漫漫，幾株桂花，白白黃黃開花滲香，也是淡淡漫漫，就連這晚冬的暮色也變得漫天空濛，遠山成仙山，極目一看，稱心歲月許未荒唐過。

二

《城裏的月光》在日間「照在」和平飯店的茉莉酒廊，原來也是一份安慰。

匆匆要走嗎？唱機會傳來鄧麗君，唱的是李香蘭的《何日君再來》。

上次來，二十多年前吧。那時的爵士樂已聞名於世，只是未懂不懂，人動心未動。

日與夜

一日。

今天見聞多。

上午太平紳士巡視，到了醫院精神科。病房內申訴幽幽怨怨，病房外建築古風典雅。穿過走廊，聞着花香，想着人間浮華與滄桑。

中午到了鉅企開午餐會。那裏由船運走到貨倉、走到糖廠、走入商場、走出民航，見到寬敞、見到堂皇。

下午會見專業人士談大灣區發展。說了不少，聽的更多。

黃昏見大政要員，聽了一課。

一夜。

昨晚半夜醒了，網上看了《今夜不設防》。

看了兩集，是張曼玉，是張國榮。
眉目如畫、笑靨如花，多好看。
就連倪匡、蔡瀾、黃霑也皮光肉滑，年輕年青。
時光留了下來，多美；美麗捕捉了下來，多好。

遇上

最近遇上自己早已忘了的一些孩童玩意，是卡通片，是漫畫，是遊戲機，
都是小學初中時見過碰過的事物。
不是再見，便不知曾遇上。
再遇，才知往昔歲月稠；回想，才知童年不再依舊。
一切變得遠古，沉在霜冷長河，回憶一次的召喚，甦醒，還只是依依稀
稀、彷彷彿彿。
原來，走了這麼多的路，看了這麼多的花開花落。
悲歡離合，不過是尋常。
遇上、失去，也不過是時序。
失去，又何足懼？

無憂花

「是對是錯也好，不必說了。是怨是愛也好，不必揭曉。」

是譚詠麟的歌，向雪懷的詞，是那年我畢業去看的那場演唱會的最後一首歌。

這麼多年，這兩句歌詞每次聽，每次都覺得重遇知音，每次都覺得人生的重擔一下子便卸了下來。

對錯愛怨，都懂，只是累，甚麼也不必說了……

懂的話，靜下來便可，看看星空，星閃爍不停，閃出宇宙的美麗……

也閃着一份鄉愁，那故鄉是童年。人說，往事似星，閃在目前。眺望星空，會解鄉愁。

看，那路旁獨有的古木翠柏，也有兩株叫無憂花的樹在旁……